따뜻한 사람 찾기

산영수필문학회
6

따뜻한 사람 찾기

1판 1쇄 발행	2022년 5월 10일
지은이	산영수필문학회
발행인	이선우
펴낸곳	도서출판 선우미디어

등록 | 1997. 8. 7 제305-2014-000020
02643 서울시 동대문구 장한로 12길 40, 101동 203호
☎ 2272-3351, 3352 팩스: 2272-5540
sunwoome@hanmail.net
Printed in Korea ⓒ 2022. 산영수필문학회

값 13,000원

ISBN 978-89-5658-699-1 03810

山影隨筆 · 6

따뜻한 사람 찾기

산영수필문학회

격려사

이정림

《에세이21》 발행인 겸 편집인

초심을 잃지 말자는 말은 하기는 쉽지만 지키기는 어렵다. 그러나 산영수필문학회에서는 이 초심을 지켜 5년 만에 동인지를 낸다. 출판 홍수에 휩쓸리지 않으려고 5년에 한 번씩 동인지를 내겠다는 초심을 이번에도 지켜 낸 것이다.

그 초지일관하는 마음들이 모여 30년 넘게 동연(同硯)의 인연을 이어 가고 있다. 젊었을 때 만난 회원들은 세월과 함께 글이 익어 갔고, 등단한 지 일천한 회원들은 선배들의 뒤를 따르며 정통수필을 익혀 가고 있다.

시대가 변하니 수필도 변해야 한다고 하지만, 모천을 찾아가는 연어들처럼 결국 회귀되는 것은 정통수필이었다. 《에세이21》을 창간할 때 주요 모토는 '온고지신(溫故知新)'이었다. 옛것을 모르면 새로운 것을 창조할 수 없기 때문이다.

정통수필은 낡은 것이 아니라 지켜야 할 초석이다. 이 초석을 딛고 여러분들은 지금까지 좋은 수필을 써 왔다. 그리고 그 초석에 새로운 뿌리를 내렸다.

여러분들은 이제 묘목이 아니라 성목이다. 앞으로 5년 후에는 더욱 성장하여 수필 문단의 든든한 동량(棟梁)이 되어 있을 것이다. 초심을 지키는 사람만이 거목이 될 수 있다. 그 거목의 그늘에서 행복하게 쉬고 있을 사람들 중에 나도 슬며시 끼여 앉아, 묘목을 심던 내 젊은 시절을 추억할 것이다.

2022년 3월 물오름 달에

발간사

서계홍
산영수필문학회 회장

제5집 《깊은 소리 세월의 향기》를 낸 지 5년이 되었습니다. 코로나19로 인하여 우리 문학회는 3년째 활동을 이어 가지 못하고 있습니다. 그래도 회원들은 여러 문학지에 수필 작품을 발표하고 수필집을 내며 열심히 지내 왔습니다. 이에 우리 문학회에서는 5년간의 결실을 보고자 제6집을 펴냅니다.

55명의 회원들이 제각각 다른 삶의 여정을 정성껏 담은 글들이 모였습니다. 산영재 선생님께서 심은 묘목들은 이제 성목이 되어 뜨거운 여름날 제법 그늘도 드리울 수 있게 되었습니다. 뿌리를 더 굳게 만들어 수분을 빨아들이고, 윤택한 나뭇잎을 내어 햇빛을 받아 양분을 만들어 내는 일에 각자 열과 성을 다하고 있으니, 이 문집은 그 결과의 하나가 됩니다.

다시 봄이 왔습니다. 아직도 코로나19는 세상을 동토로 만들고 있습니다. 그러나 이 땅에는 개나리 진달래 목련이 꽃망울을 터뜨리고, 벚꽃도 세상을 하얗게 물들였습니다. 산하가 추운 겨울을 견디고 따사로운 햇살 아래 녹아내렸습니다. 이제 꽃잎이 진 나무들은 나뭇잎을 초록빛으로 키워 가고 있습니다. 오미크론으로 변이된 코로나19도 곧 풍토병으로 바뀔 것입니다.

올해는 산영재 선생님의 산수(傘數)를 맞아 동인지를 발간하게 되어 더욱 의미가 크게 다가옵니다. 건강을 지키시며 여러 가지 책을 펴내시고, 문제자(門弟子)들을 독려해 주고 계시는 선생님께 감사드립니다.

우리 산영수필문학회도 제6집 동인지를 펴냄과 동시에 환한 모습으로 만남이 이루어져 문학회 활동이 재개되기를 기대합니다.

2022년 4월

차례

1박 2일의 여정

서정숙

코로나바이러스로 수도권은 사회적 거리두기가 4단계로 상향되었다. 바깥출입도 여의치 않은데 기차를 탔다. 1박 2일로 부산에 가는 길이다. 서울역에 KTX가 멈춰 있고 기차 안은 소독을 꼼꼼히 하고 있었다. 기차가 움직이기 시작하니 남편은 이게 얼마 만인가 하며 흥분된 어조로 말을 꺼냈다. 4단계라 여행을 망설였지만 담 없는 담을 친 수도권을 잠시 벗어나는 것도 나쁘지 않을 것 같았다.

기차의 좌석은 빈자리가 거의 없었다. 차내 방송은 계속해서 승객들에게 당부했다. 마스크를 절대로 벗으면 안 되고, 차 안에서는 음식을 먹을 수 없고, 휴대폰을 사용하려면 앞 칸과 뒤 칸 사이의 공간을 이용하라는 내용이다. 옆 사람과 대화도 자제해야 하니 여느 때 여행과는 달랐다. 집에서 쪄 온 옥수수는 더운 날씨 탓에 아직도 따끈한데 먹을 수가 없었다.

휙휙 지나가는 풍경을 바라보며 재미있어 하는 우리 모습이, 처음 기차를 타보는 아이들 같았다. 7월 복중이라 짙푸른 나무들은 거칠게 서 있었다. 우리나라도 연일 천 명이 넘는 감염자가 나오고 있다. 델타 변이 바이러스는 코로나19보다 독성은 약하지만 무서운 속도로 퍼져 나갔다. 누구의 몸속에 균이 있는지 젊은 사람들은 감염이 되어도 증상도 잘 나타나지 않으니 도무지 알 수가 없다. 앞 좌석에 앉은 중년 남자도 뒷좌석의 젊은이도 믿지 못하겠다. 이런 사태가 오래가면 사람들은 누굴 믿고 가까이할 수 있을까.

기차에서 내려 목적지인 해운대로 향했다. 부산도 이틀 후면 3단계로 격상된다. 몇 년 전에 왔던 부산은 들썩거리며 활기가 넘쳐 나 보였는데, 지금은 호텔에서도 음식점에서도 분위기가 가라앉은 듯 조용했다. 이튿날 오전에 지인과 해운대에서 만나기로 되어 있어 백사장을 산책했다.

토요일이라 이른 시간인데도 사람들이 바닷가에 모여들었다. 철썩거리는 파도 소리를 가까이서 보고 들으니 행복은 멀리 있지 않았다. 파고는 달라도 한 번도 멈추는 일 없이 반복한다. 파도를 만드는 것은 바람이다. 우리는 바람은 보지 못하고 매일 변하는 파고만 보고 산다고 누가 지적했던가. 파도가 들락거리는 곳에 발을 적시며 걸었다. 모래 위를 맨발로 걸으니 그 감촉으로 저절로 웃음이 나오며 즐거워지는 게 아닌가.

끝없는 수평선을 바라보자니 갑자기 바이러스가 입으로 전염되는 것이 얼마나 다행한 일인가 싶다. 만약에 눈으로 전파된다면 생각만으로도 끔찍했다. 바닷가에서는 어울리지 않게 잘 차려 입은 젊은 여자 두 명이 사진을 찍어 달라며 폰을 주었다. 몸을 최대한

낮추고 폰은 더 낮추고 위를 향해 찍어 달라고 요구했다. 그렇게 찍으면 사람이 날씬하게 보이는 모양이다. 우리 보고도 찍어 줄 테니 서 보라고 한다. 남편과 나는 동시에 손사래를 치며 안 찍겠다고 하니 그들은 웃었다.

반가운 사람을 만나 맛있는 점심을 먹고 부산 관광에 나섰다. 비가 올 듯 말 듯 해 하늘의 눈치를 보며 다녔다. 배를 타고 먼바다를 구경하고 부산역 가까이에 있는 차가 없는 골목을 돌아다니며 음식을 먹고 차도 마셨다. 정말 오랜만에 여행을 만끽했다.

저녁 일곱 시에 서울로 가는 차를 탔는데 대낮처럼 환했다. 기차가 움직이자 갈 때처럼 주변 풍경을 바라보기 시작했다. 기차의 속력은 빨랐지만 느낌은 속도를 따라가지 못해 느리게 가는 것 같았다. 흐린 날씨 탓에 산 주위에 경이로운 장면들이 연출되었다. 높은 산에는 구름이 내려왔다가 미처 못 올라간 듯 하얀 띠가 되어 산을 감싸고 있었다. 한여름에 눈 덮인 산을 보는 듯했다. 조금 더 가니 저녁놀이 조각구름 사이사이에 넓게 퍼져 장관을 이루었다. 수없이 보아온 광경인데 오늘따라 감동으로 다가온다.

기차에 앉아 곰곰이 생각하니 코로나19 대유행으로 지금 우리는 영화나 소설 속에서나 있을 법한 일을 직접 경험하고 있지 않은가. 14세기 중기 유럽에 흑사병이 퍼져 도시가 봉쇄당하고 많은 사람이 죽고, 전쟁까지 멈추게 한 사건이 역사 속에 살아 있다. 코로나로 나라마다 거대한 도시를 봉쇄했고 세계의 모든 사람을 혼란에 빠뜨리게 하지 않았는가.

1918년에 2년 동안 사라지지 않은 스페인 독감은 페스트보다 더 많은 사람이 사망했다. 인류 최대 재앙으로 역사는 말한다. 앞으로 새로운 바이러스가 더 자주 출몰할 수 있다니 우리 손주들이 살아갈 미래가 밝게 그려지지 않으니 답답한 일이다. 이제 곧 코로나를 사람들이 겁내지 않을 상황이 올 것이다. 50년 100년 후 인간이 역사를 거론할 때 코로나19는 어떻게 회자될까.

앞으로 코로나19를 문학과 영화의 소재로 다루게 될 것이고, 바이러스가 곳곳에 파고들었던 사회의 변화를 사람들은 두고두고 이야기할 것이다. 요즘은 마스크가 내 몸의 일부가 된 지 오래다. 마스크 없이는 한 발짝도 움직일 수 없다. 바이러스가 퇴치되어도 우리는 습관처럼 마스크를 쓰고 살게 되지 않을까. 마스크가 없으면 허전해 보이는 얼굴이 이 시대의 현실이 되어 가고 있으니. 기차는 수도권으로 접어들고 있었다. 짧은 기간이지만 그 어떤 여행보다 귀한 여행이었다.

기다림에 대하여

최제영

탄천 변을 산책하는데 까치들이 지저귄다. 순간 걸음을 멈추고 고개를 든다. "반가운 손님이 오시려나?" 하시는 어머니의 목소리가 들릴 것만 같다. 어머니는 아침에 까치 소리가 들리기만 하면, 어김없이 먼 하늘을 바라보며 "반가운 손님이 오시려나?" 하셨다. 그때 나는 행여 아버지가 돌아오신다는 소식을 고대하는 어머니의 마음을 읽어 내지 못한, 철이 안 든 딸이었다.

무려 반백 년이라는 길고 긴 기다림의 세월을 사시다 가신 어머니! "다녀오리다."라는 말 한마디 남기고 총을 멘 인민군의 뒤를 따라 집을 나가신 뒤, 아버지는 소식 한 자 없이 영영 돌아오시지 않았다.

일출봉에 해 뜨거든 날 불러 주오/ 월출봉에 달 뜨거든 날 불러 주오// 기다려도 기다려도 님 오지 않고/ 빨래 소리 물레 소리에 눈물 흘렸네.

가곡 〈기다리는 마음〉은 짧은 시어 속에 님을 기다리는 여인의 마음을 애잔하게 풀어내고 있다. 바닷가에서 지아비를 기다리다 망부석이 되었다는 신라 충신 박제상의 아내. 나라를 위해 바다 건너 일본으로 간 지아비가 돌아오기를 이제나저제나 애타게 기다리는 지어미의 마음을 김민부는 이 시에 녹여 내고 있다. 비목의 작곡가 장일남이 그의 시에 곡을 붙여 한국인의 애창곡을 탄생시킨 것이다.

어머니의 기다리는 마음이 어찌 박제상 아내보다 못 할 수 있으랴. 지아비를 기다리는 마음이야 시대가 다르다 해서 그 애달픔이 다를 리 있겠는가. 하지만 기다림의 방식은 다를 수 있다.

어머니의 기다림은 물론 가곡처럼 목가적일 수는 없었다. 아버지가 집을 나가신 후, 그 엄혹한 피란 생활 중에도 그리고 그 후로도 5년 동안 하루도 거르지 않고 어머니는 아버지의 밥주발에 저녁진지를 담아 놓으셨다. 5년이라는 짧지 않은 세월, 계속된 어머니의 '지아비의 끼니 챙겨 두기'는 어머니 나름의 적극적인 기다림의 몸짓이 아니었을까. 행여나 지아비가 돌아오시면 얼른 밥상을 차려 내려는 지어미의 마음이 이보다 더 간절할 수 있을까.

"네가 오후 네 시에 온다고 하면, 난 세 시부터 행복해지기 시작할 거야." 생텍쥐페리의 《어린 왕자》 속 여우의 말이다. 이 세상에는 가슴 에이는 기약 없는 기다림 말고, 이처럼 행복한 기다림이 있어 우리의 삶은 그래도 살맛이 있는 게 아닌가.

내 아이는 대여섯 살 때, 또래들 몇 명을 불러서 생일 파티를 열고 나면, 바로 그다음 날부터 다음 해 생일 파티를 기다렸다. 아이의 화제는 온통 다음 생일 파티였다. 《어린 왕자》에서 여우가 말한 것처럼 아이에겐 생일 다음 날부터 또 하루하루가 행복한 기다림이었다고 할 수 있지 않을까. 새 가방을 메고 학교 갈 날을 기다리고, 김밥 싸 가지고 가는 소풍날을 기다리고, 신나게 놀 수 있는 방학을 기다리고, 산타클로스 할아버지의 선물을 기다리는 것처럼.

그렇다고 기다림이 마냥 즐겁고 행복일 수만은 없다. 합격 통지를 기다리는 수험생, 분만실 밖에서 아기의 울음소리를 기다리는 젊은 아빠, 조직검사 결과를 초조히 기다리는 환자, 밤늦도록 돌아오지 않는 남편을 마냥 기다리는 아내. 불안과 희망이 순간순간 자리바꿈을 하며 사람의 진을 빼는 기다림이다.

그러고 보니, 우리는 늘 무언가를 기다리며 살고 있다. 풀 한 포기 없는 황량한 벌판에 서 있는 한 그루 나무 밑에서 언제 올지도 모르는 '고도'를 기다리는 블라디미르와 에스트라공. 오늘도 어제 같고 내일도 오늘 같은, 별 볼 일 없는 그들의 남루한 삶에 무언가 변화를 가져다줄지도 모르는 누군가를 기다린다. 그가 누구인지도 모른 채. 하지만 온다는 소식만 올 뿐, 고도는 오지 않는다. 그럼에도 그들의 기다림은 목숨이 다하는 날까지 계속되리라.

삶이 메마르고 피폐할수록 우리는 그 삶을 조금이나마 촉촉하고 윤기 있게 만들어 줄 누군가를, 아니 무언가를 기다리며 살아간다. 겨울이 깊어지면 봄을 기다리듯이. 내일은 오늘보다 나아지기를,

내년엔 올해보다는 좋아지겠지. 그 기다림의 밑바닥에는 무지갯빛 희망이 똬리를 틀고 있다. 아무리 드센 폭풍이 몰아친다 해도, 장마가 아무리 길다 한들, 언젠가는 태양이 눈부신 얼굴을 내밀고 하늘엔 무지개가 빛나지 않겠는가.

기다림, 이는 아픔일 수도 있고 행복일 수도 있다. 집을 떠난 님이 언젠가 돌아오리라는 희망이 그 기다림을 1년, 2년 그리고 반백 년을 지속시킨다. 우리는 삶이 다하는 순간까지도 기다림을 포기하지 못할지도 모른다.

아마도 기다림은 우리의 운명이 아닐까.

착한 사람들의 세상

강금숙

계절이 바뀌면서 산색이 달라졌다. 바람 소리가 바뀌고 풍경을 넘어 낙엽 지는 소리가 운치를 더해 준다. 늦가을이 주는 또 하나의 선물이다. 날씨가 차가워지면서 우리는 앞선 것들과 이별하고 뒤에 오는 것들을 만나게 된다. 세상 이치가 그러하다. 그러한 이치 속에는 상처나 아쉬움도 있겠지만 행복한 기억이 더 많음을 안다. 입동이 지나자 어둠도 빨리 내리고 다른 계절에 비해 짧기만 한데, 어제는 실로 긴 하루를 보냈다. 지루하고 힘들어서가 아니라 훈훈하고 따뜻한 사연으로 오래 머물고 싶었던 하루였나 보다.

친구와 약속이 있었다. 요즘 사람들의 표현을 빌리자면 절친과의 약속이다. 서로 지척에 살면서도 전처럼 자주 만나지 못하는 것은 나이가 든 탓이기도 하지만, 친구의 아들이 뜻하지 않은 병고로 병원을 드나들고 있어 전화를 하기도 어려웠고, 문병을 가는 것 또한 부담스러울 것 같아 맛있는 것 사주라고 작은 봉투 하나를 준비해 놓은 지도 한참이 지났기에 보고 싶기도 하고 할 이야기도 많던 차, 오늘이 약속된 바로 그날이었다.

정오를 지나자 바람도 쉬어 가는지 포근한 햇살에 파란 하늘에는 구름 한 점이 그림처럼 곱게 떠 있다. 택시는 바로 탔다. 지갑을 열어보니 택시 요금을 낼 만큼의 잔돈은 있었으나 내가 정차하는 곳은 번화한 곳이니 손님이 많을 터라, 돈은 집으로 갈 때 쓰기로 하고 카드를 꺼내 들었다. 요즘 내가 택시를 타면서 이런 작은 고민을 하게 된 까닭은 신문에 기고한 어느 기사분의 글을 읽고 난 후부터다. 승객의 대부분이 카드로 정산을 하다 보니 담배를 사거나 음료수를 마시려 해도 현금이 없어 불편할 때가 많다는 글이었다.

카드로 계산을 하는데 천천히 내리시라며 좋은 하루 보내시라는 젊은 기사분의 음성이 듣기 좋았다. 고맙다는 답례를 하고 카드를 넣으려 하자 지갑이 없었다. 카드를 꺼내고 지갑을 핸드백 속에 넣는다는 것이 택시 바닥에 떨어뜨린 모양이다. 이런 낭패가. 차가 붉은색이었던 것은 알겠는데, 그 자리에 붉은색 차가 두어 대 있었지만 기사가 모두 노인이었다. 약속 시각 십 분 전이었다. 건너편에 있는 은행으로 뛰어갔다. 결제한 카드를 보이니 회사 전화번호와 요금을 낸 인증 번호는 알려 주었으나 점심시간이라 세 시 이후가 되어야 확인할 수 있다고 했다. 우선 친구와 만나 백화점 카드라도 정지시키려 했으나 그것 역시 같은 대답이다. 우선 점심을 먹기로 했다. 누가 지갑을 줍자마자 백화점으로 가지는 않겠지 하는 느긋한 생각에서였는지, 걱정 중에도 점심은 맛이 있었다. 사양하는 친구에게 봉투를 전하는데 문득 집을 나설 때 생각이 난다. 비록 작은 선물이지만 구겨지지 않게 지갑 사이에 넣을까 하다가 혹시 택시 요금을 내다가 빠뜨릴 수도 있겠다 싶어 핸드폰과 지갑 사이에 넣은 것은 참 잘한 일이었구나 하는 생각이다.

핸드폰이 울었다. 모르는 번호의 여자 음성이다. 혹시 지갑을 잃어버렸느냐고 묻는다. 그걸 가지신 분이 전화번호를 알려 달라고 하는데 개인 정보에 관한 것이라 알려 주지 못했다고 한다. 지금 밖이라고 하자 그럼 받아놓고 다시 전화하겠으니 용강동 복지원 백 팀장을 찾으라고 한다. 실례가 되지 않는다면 지갑에 돈이 얼마 되지는 않지만 그분께 드려 달라고 부탁을 했다. 노인 복지카드를 발급받고 아직 한 번도 이용을 못 했는데 이럴 수가, 만약 이 카드가 없었다면 주소나 전화번호를 몰라 쉽게 찾지 못했을 터인데 말이다.

가벼워진 마음으로 마신 커피의 향은 일품이었다. 식당이 시끄러우니 조용히 집에 가서 백화점 카드를 정지하자고 친구의 집으로 서둘러 왔는데 이제 그럴 필요도 없어졌다. 오히려 잘된 일이었다.

백 팀장을 찾았다. 그 기사분이라고 했다. 돈은 사양하고 여기까지 온 요금만 받았다며 지갑을 확인해 보라고 한다. 여기까지 가져 오셨는데 무슨 확인이 필요하냐며 "지갑이 없어 맨손으로 왔네요." 하다 보니 손에 쥔 카드가 보였다. 카드로 음료나 케이크를 살 수도 있었는데 미처 생각하지 못한 자신이 부끄러웠다. 집으로 돌아와 남편에게 장황하게 설명을 하자, 기사분의 전화번호는 알아 왔느냐고 묻는다. 또 실수다. 복지원으로 전화를 했다. 쓰레기통에 버렸다는 전화번호를 찾아 알려 준다. 감사의 인사를 하고 싶다고 하자 당연한 일이라면서 "오늘 많이 놀라셨죠?" 한다. 비록 실수 연발의 하루였지만, 착한 사람들과 보낸 하루는 행복했다.

삶에서 수많은 사람들을 만나며 살아왔다. 풀잎처럼 맑고 들꽃 같이 착한 사람들, 마음을 열고 지낸 사람들이 있어 행복했고, 꿈과 꿈 너머 꿈을 함께 달려온 그런 사람들과 만난 것은 내게 행운이며 기적이다. 오늘도 바로 그런 날이었다. 하루하루의 기억 위로 세월이 차곡차곡 쌓이면서 삶이 내게 가르쳐 주는 것이 있다. 세상을 머리로만 살지 말고 따뜻한 마음으로 살라는 깨우침이다.

겨울 산책

정춘자

　창문을 스치는 바람 소리가 쌩하다. 영하 10도를 오르내리는 기온이 연일 이어지니 바람 소리가 부드러울 리 없다. 집안에서 보이는 바깥 풍경에도 차가운 기운이 온통 뒤덮어 어디에 눈길을 주어도 냉기가 흐른다.

　겨울은 쓸쓸한 계절이다. 허허로운 들판, 바짝 마른 나뭇가지들, 다시는 살아날 것 같지 않은 메마른 대지에 찬바람만 휑하니 지나갈 때 나는 참으로 쓸쓸함을 느낀다.

　그러나 날씨가 차가울수록 하늘빛은 명징하다. 높고 맑은 하늘에 희디 흰 구름 몇 점 흐르면 나는 목도리 두툼히 두르고 옷도 두껍게 껴입고 이끌리듯 구름을 따라나선다.

　코끝을 스치는 바람이 맵기만 하고 얼굴은 얼어버릴 것 같다. 그러나 머릿속은 상쾌해진다. 가슴속도 막혀 있던 무언가가 뻥 뚫리는 기분이다. 게으르고 나태하게 방 안에만 뒹굴던 나를 바짝 정신을 차리게 하는 찬바람이 마치 아이 적에 숙제를 하지 않았다고 손바닥을 매섭게 내리치던 선생님의 회초리 같다. 최근에 그 겨울바람 같은 회초리를 맞아 보았다.

왼쪽 눈이 정상으로 돌아올 수 없다는 진단을 받고 마음이 복잡했다. "불편하겠지만 한쪽 눈으로 살아야 한다."고 의사 선생님은 너무나 무심하게 말했었다. 사는 일이 심드렁했다. 살아가는 날들이 갈수록 태산 앞에 서 있는 듯 막막했다. 헤치고 넘어야 할 기력이 나지 않았다. 정신이 흐릿해지며 매일매일에 안주하고 싶은 마음뿐이었다.

그 무렵에 원고를 보내라는 메일을 받았다. 글을 쓴다는 것도 또 하나의 산을 넘어야 할 것처럼 힘겹게 느껴졌다. 나는 이제 글을 쓸 수 없노라 산영재 선생님께 전화를 넣었다. 선생님은 이유를 물었다. 눈이 고장이 나서 글쓰기가 편하지 않다고 대답을 하였다. 돌아 나오는 말씀이 순순할 것이라 기대는 하지 않았다. 꾸지람을 들더라도 나는 글을 쓰지 않겠노라 생각하였다. 그러나 선생님은 내가 꼼짝없이 글을 쓸 수밖에 없게 하는 힘을 가지고 계셨다. 매운 회초리 몇 대를 맞은 것처럼 나는 몽롱하던 정신에서 깨어나 명료한 대답을 했다. "네, 쓰겠습니다." 차갑지만 냉철한 이성으로, 진정한 사랑을 내포한 말씀에 나도 모르게 설득되었던 것이다.

조붓한 산길을 걷는다. 능선이 선명히 드러난 산과 산이 만나는 곳은 선(仙)의 세계인 양 하늘과 맞닿았다. 그 능선을 계속 오르면 맑은 하늘, 솜털 구름을 손으로 만질 수 있으려나.

그러나 산책길은 휘어지고 굽이쳐 흐르는 냇물을 따라 닦여졌다. 내가 걸어가는 길은 그런 길이다. 한 굽이 지나면 또 한 굽이.

돌아서면 환하게 시냇물이 흐른다. 물줄기의 표면이 하얗게 얼어붙었다. 얼음으로 뒤덮인 표면 밑으로 힘차게 물 흐르는 소리가 난다. 그 소리를 가만히 듣는다. 멀리서 머뭇거리고 있는 봄을 부르는 울림이다. 잠들어 있는 뭇 생명들을 깨우는 함성이다.

그러고 보니 겨울은 무엇이든 깊이 감추는 계절이다. 귀한 생명도 땅속 깊은 곳에 감추고, 메마른 나뭇가지엔 푸르른 잎을 감추고, 허허로운 들판에는 고독한 속내도 감추었다.

쓸쓸한 계절, 겨울 속을 걷는다. 찬바람에 눈물 찔끔거리며 산길 따라 물길 따라 걷노라면 몸은 추위에 움츠러들지만 정신이 맑아진다. 푸르른 하늘빛처럼 깨끗해진다. 회초리를 맞을 때처럼 따가운 바람이 볼을 때린다. 그 바람을 닮은 낭랑한 목소리의 선생님을 떠올리는데 신기하게도 가슴이 더워진다. 냉정이 품고 있는 그 따뜻한 마음이 이 차가운 겨울날 느껴지는 것이 아닐까. 머리가 맑아지고 마음이 훈훈해지는 그 맛에 나는 겨울 산책을 즐기는지도 모른다.

상선약수

강인철

오대산 월정사(月精寺)를 찾았다. 예전엔 참으로 먼 길이었는데 요즘은 당일 왕복도 넉넉할 만큼 도로 사정이 좋아 쉽게 닿았다. 주차장 옆 식당 아주머니가 사회적 거리 두기로 사람 구경하기 힘든 세상인데 너무 반갑다며 친정 오라비라도 대하듯 융숭히 맞아 준다. 오랜만의 산채비빔밥과 더덕구이에 옥매주(강원도 막걸리) 한잔의 알싸함이라니….

솔향 가득한 전나무 숲길을 천천히 걸었다. 산사는 여전히 고즈넉했다. 경내에 들어서며 '아니~ 여기까지 와서 서두를 게 뭐람?' 내친김에 하룻밤 묵어간들 어쩌랴 싶었다. 다행히 스님께서 '편히 쉬었다 가라.' 하시다. 행자들과 이른 저녁 공양도 함께했다.

오래전 무전(無錢)여행이 애교(?)로 통했던 학창시절, 명산대찰의 스님들을 찾아 나선 적이 있다. 그때 팔도 순례길 첫 번째로 들렀던 월정사는 깊은 산중이었고 주지스님(靑雲)과 이틀을 보내며 많은 이야기를 나눴었다. 자장율사의 숨결이 밴 신라 천년 고찰 대웅전과 마당 가운데의 국보 제48호 8각 9층 석탑은 예전 그대로인데, 종무소와 공양간 요사채 해우소 등은 규모도 커졌고 많이 변한 모습이다. 특히 템플 스테이를 위해 마련했다는 강(講)원과 숙소는 묵언, 명상, 좌선 및 법문(法文)을 설(說)하고 듣는 선(禪) 수련 도량으로 명소가 따로 없다. 계곡 따라 걸었다. "산(山) 절로 수(水) 절로/ 산수 간에 나도 절로"다. 길게 드리운 산 그림자가 금세 어둠을 부른다.

옷걸이 말고는 아무것도 없는 맨밥 같은 객방(客房)에 들었다. 쏴~아~ 쿵! 쿵! 아까 거닐었던 계곡의 물소리가 따라오며 "예까지 왔으니 서울 생각일랑 모두 떨궈 버리라." 한다. 도시에서는 들어 보지 못한 거친 소리이건만 싫거나 질리지 않는다. 아니 계속 듣고 있으니 한 편의 장엄한 오케스트라 같기도 하다.

예부터 오대산은 물이 좋기로 유명하다는 게 스님 말씀이다. 특히 월정사 앞으로 흐르는 오대천은 둥글게 감아 도는 물길이 예사롭지 않다며 동서남북 산봉우리들이 절터를 연꽃처럼 감싸고 그 앞을 만월수(滿月水)가 흐르고 있으니 가히 천하 명소가 따로 없다는 말씀이다. 차를 우리기에 더없이 좋은 물이라 하여 선인들은 우통수(于筒水)라 이름하였고 특히 물이 무거운 것은 미네랄 함량이 많기 때문이라고 한다.

그 물줄기가 북한강을 따라 양평에 이르고 두물머리에서 남한강과 만나 서울을 관통하여 서해로 흐른다. 조선 시대 궁중 수라간에서는 배를 타고 한강 가운데로 나가 중심수(中心水) 깊은 물을 길어 사용했다고 한다. 우통수의 특징은 물의 비중이 높아 수백 리를 흘러와도 다른 물과 잘 섞이지 않고 강심(江心)으로 흐르기 때문이라는데 먼 옛날 그런 이치를 어찌 알았는지 생각할수록 기막히고 신기하다.

물에 얽힌 또 다른 이야기가 신라의 보천과 효명 왕자로까지 거슬러 오른다. 두 왕자가 오대산에서 참선 수도하던 시절, 매일 새벽 우통수로 오만 보살님께 정한수 봉양을 했는데 그 공덕이었을까? 효명 왕자는 신라의 르네상스를 주도한 33대 성덕대왕에 올랐고 보천 왕자는 도를 깨우친 선인(仙人)이 되었다고 한다. 물에 대한 경외와 자연의 존엄에 대한 심오함을 다시 깨닫게 한 대목이다.

오대산 서(西)대 수정암의 용안수, 동(東)대 관음암의 청계수, 남(南)대 지장암의 총명수, 북(北)대 미륵암의 감로수, 중(中)대 사자암의 옥계수 등 열의 열 골 물이 한데 합수(合水)하여 큰물이 되었으니 "물은 그냥 물이 아니니, 삶의 지혜를 거기서 찾아보자."는 주지스님(正念)의 말씀에 시간 가는 줄을 몰랐다.

"산은 산이요, 물은 물이로다, 하셨다는 성철 큰스님의 법어(法語)가 너무 궁금합니다." 여쭈었더니 "그러면 '상선약수'를 먼저 논해 볼까요?" 하며 오히려 반문을 한다. 아니 세상에나 이럴 수가? 선대로부터 물려받은 우리 집 가훈을 스님께서 어찌 콕 짚어 말씀하실까? 물론 우연의 일치였겠지만 참으로 묘하다는 생각에 잠 못 이룬 월정사의 밤!

언제나 거실 한가운데 높은 자리에서 내려다보며 "물의 이치를 항시 잊지 말라."며 삶의 지혜를 전하고 계신 선대(先代)의 귀한 가르침 한 말씀 상선약수(上善若水)!

우연히도 화제가 우리 집 가훈과 동일했기에 주지스님보다 할 말이 더 많았던 산사의 하룻밤! 가을 단풍이 곱게 물들면 다시 찾아와 못다 한 이야기를 마저 나누고 싶다.

고질병

김병헌

외출을 하면 만나는 사람마다 나를 보고 허리가 굽었다고 한다. 나 자신도 이 사실을 잘 알고 있다. 그래서 굽은 허리를 펴 보려고 무척 노력하고 허리운동을 하루도 빠짐없이 열심히 하고 있다.

허리가 굽어진 것은 젊은 시절 직장생활을 할 때 의자에 똑바로 앉지 않고 비스듬히 앉아 일했기 때문이다. 그렇게 수십 년 굽어진 허리를 바르게 펴기란 보통 어려운 일이 아니다.

그러던 어느 날, 북한산에 올라가서 오랜만에 몸을 풀어 볼까 하고 선택한 것이 거꾸로 매달려서 윗몸을 일으키는 운동이었다. 하나 둘… 하고 열 번을 세는 순간 뚝하는 소리가 나면서 허리가 갑자기 아팠다.

바로 산에서 내려가 동네 병원에서 엑스레이 사진을 찍어 보았더니 4, 5번 척추의 물렁뼈가 어긋나 튀어나왔다는 것이다. 당장 수술을 해야 한다고 해서 종합병원 정형외과로 가서 다시 진찰을 받았더니 거기서도 수술을 해야 한다는 것이었다.

입원 수속을 끝내고 내려오면서 후유증이 있을까 걱정이 되어 고민을 하고 있는데 마침 신난했던 의사 선생님이 오시기에 "선생님, 만약에 수술 후 후유증이 생기면 어떻게 합니까?" 하고 물었더니 "나는 수술 후의 일은 책임지지 못합니다." 하고 냉정하게 말해 바로 입원 수속을 취소하고 집으로 돌아오고 말았다. 수술이라는 것을 하지 않고 집에 돌아오니 허리가 너무 아파 물리치료를 받거나 진통제를 먹어 보았으나 아무 효과가 없었다.

이렇게 아픈 허리를 참고 견디어 온 것이 무려 삼사십 년이 된 것 같다. 이 병원 저 병원 다니며 치료를 받으면 그때만 통증이 잠시 완화되는 듯하다가 다시 아프기 시작하면서 낫지를 않는다.

한방병원에서도 일 년 동안 침을 맞아 보았지만 아무 효과가 없어 그만 치료를 끝냈다. 그 후에도 동네 통증 의원에서 2주에 한 번씩 3년 동안 치료를 받았으나 그때뿐 별 차도가 없었다. 이젠 어느 병원에 가서 치료를 받아야 할지 생각도 나지 않는다. 허리가 아프지 않으면 얼마나 행복할까 하는 생각만 들 뿐이다.

원래 오래된 통증이 고질병이 되었으니 쉽게 나으리라곤 생각지 않는다. 그러나 통증이 너무 심하니 고통을 참기가 정말로 힘이 든다.

젊은 시절 책상에 똑바로 앉지 않고 비스듬히 앉았던 버릇 때문에 늙어서 이 고생을 하는지 후회가 될 뿐이다. 초등학교 때 "자세를 똑바로 하고 앉으라."고 담임선생님으로부터 수없이 말을 들었건만 이제 와서 후회한들 무슨 소용이 있겠는가.

그 언젠가는 모든 것을 두고 떠나야 하는 몸, 비록 몸은 아프지

만 빛나는 별과 아름다운 꽃을 바라보며 나를 걱정해 주는 아내와
세 자녀들의 사랑에 보답하기 위해서라도 희망의 끈을 놓지 않고
이 고통을 참아 내려고 한다.

내도에서의 하룻밤

서계홍

거제도 구조라 선착장에서 내도 도선을 타고 십오 분쯤 가면 내도에 닿는다. 통통거리는 십이 인승 배를 타고서 지나치는 섬들을 훑어본다. 멀리 가두리 양식장을 나타내는 부표들이 둥둥 떠 있고, 조그만 바위섬에는 갈매기들이 층층이 앉아 쉬고 있다.

배에서 내려 마을을 둘러본다. 십여 채가 넘는 가옥들이 바닷가에서부터 산 중턱까지 올라가며 열을 지었다. 산꼭대기에 오르는 데는 십여 분이면 족할 것 같은 아담한 섬이다. 산허리에 있는 집들은 지붕이 낮아 겨우 보일 정도여서 색다른 맛을 준다. 그리고 마을을 둘러싸고 있는 동백나무숲. 철이 이른지 탐스럽지는 않지만 빨갛게 피고 있는 동백꽃이 남도의 맛을 한껏 느끼게 한다.

우리 일행이 하룻밤 묵을 민박집은 마을 초입에 있는 집이다. 안채와 사랑채가 있어 그중 큰 집인 것 같다. 안채 마루 벽에는 할아버지 사진이며 사각모를 쓴 손자 사진, 그리고 한자로 된 액자가 나란히 걸렸다. 마을에서는 촌장쯤 되는 집안으로 보인다.

해가 져 어둑어둑한 바닷가에 나가 찰싹거리는 파도 소리를 들는다. 물결이 잔잔해 작은 포말이 하얗게 일다가 만다. 마을 창고 쯤으로 쓰이는 건물을 끼고 돌아가자 커다란 문이 나온다. 기둥에 '내도분교'라고 씌었다. 문짝도 없는 교문으로 들어섰다. 운동장에 마른 풀들이 깔려 있다. 한쪽에는 빨랫줄 몇 가닥이 늘어진 채 흔들거리고, 그 아래에는 걸상 하나가 놓여 있다. 그것을 짚고 올라가 빨래를 너는 모양이다.

운동장을 가로질러 교사로 갔다. 교실 한 개와 교무실 한 개가 전부다. 책상이며 걸상이며 집기들이 하나도 없이 텅 빈 교실. 아이들의 온기가 사라진 학교. 폐교된 지 오래된 것 같다. 학생이 삼십 명이나 되는 때도 있었다고 한다. 한때는 저 운동장에서 마을 주민을 모시고 운동회가 뻑적지근하게 열렸을 테고, 아이들이 응원하는 열기로 운동장과 하늘이 가득 메워졌을 텐데, 지금은 파도 소리만 들려오고 차가운 바람이 맴돌다 갈 뿐이다. 을씨년스러운 운동장을 질러 나오며 쓸쓸함을 느낀다.

마을에는 일곱 세대가 살고 있다 한다. 노인들만 남은 듯하다. 젊은이들은 다 뭍으로 갔는지 마을을 한 바퀴 돌아보아도 아이들 소리는 들리지 않는다. 가끔 컹컹 개 짖는 소리가 적막을 깰 뿐이다.

일행 한 명과 다시 바람을 쐬러 나와 부둣가로 향했다. 둥그렇게 쌓은 그물 둥치 두 개가 정겹게 다가온다. 어느 어부가 저 그물을 펼쳐 물고기를 잡았을까. 저 그물은 물고기 잡는 꿈을 꾸고 있기는 할까. 그것들을 지나쳐 갈 때 애잔한 마음이 일었다.

부두에 배 한 척이 있어 다가갔다. 배 안에서 장정 셋이 환하게 불을 밝히고 엎드려 꾸무럭거린다. 큰 통에서 물고기 한 마리를 꺼내 숭어라며 먹지 않겠느냐고 묻는다. 우리가 횟감을 찾으러 온 것으로 생각한 걸까. 얼마 후 그들은 그물을 손질하며 차곡차곡 쌓더니 밧줄 고리를 풀고 천천히 물살을 헤집으며 나아갔다. 그 배는 바다 가운데로 가더니 이윽고 시야에서 사라졌다.

겨울밤은 왜 이리 긴가. 바닷가로 몇 차례 들락날락했어도, 여러 가지 게임을 하며 놀았어도 자정이 쉬이 오지 않는다. 불을 끄고 누워 뒤척이고만 있는데, 밤손님이 왔다. 쥐들이 천장에서 잔치를 벌인다. 득득 바닥을 긁기도 하고 후다닥 달리기도 하며 분주한 모습이다. 장난기가 발동했다. 일어나 천장을 쿵쿵 치자 쥐들이 납작 엎드렸는지 잠깐은 조용했다. 얼마 지나지 않아 또 법석을 떨기에 더 세게 여러 번 두드렸다. 쥐들이 혼비백산하여 줄행랑을 친다. 이렇게 몇 번 하면 날이 샐 것 같아 그냥 잠을 청했다.

아침 일곱 시 반쯤 서둘러 산으로 오른다. 먼저 간 일행이 방향을 잃었는지 온 섬을 헤매고 있다 했다. 마침 흑염소를 끌고 나온 할머니 한 분을 만나 따라간다. 언덕배기에 마른 갈대가 무성하다. 섬 너머 망망대해에서 붉은 해가 막 바닷물을 털어내며 떠오르고 있다.

새해가 되고 며칠 지나지 않았기에 우리는 새해 일출을 보는 셈이다. 저마다 숙연해져 말을 잃고 감탄만 한다. 대숲 사이로 보이는 붉은 놀이 가슴을 멍하게 했다. 고깃배 한 척이 은빛 물결이 된 바다를 가로지른다. 일행 한 명이 노래를 부른다. 모두에게 전이가 되어 합창을 한다. "아침 바다 갈매기는 금빛을 싣고/ 고기잡이배들은 노래를 싣고/ 희망에 찬 아침 바다 노 저어 가요…" 어쩌면 이토록 저 바다 광경과 똑같이 노래했을까. 지은이는 날마다 저런 바다를 보며 얼마나 경이로움에 차 인생을 설계했을까.

산을 내려오면서 마을 구석구석을 돌아본다. 빈집이 여러 채이다. 문짝이 떨어져 나가고, 수도꼭지도 빠져 있다. 빈터에는 냉장고와 세탁기, 전기밥통 같은 가전제품이 나뒹군다. 뭍으로 갈 때 섬 살림을 죄 버린 걸까. 그들은 얼마나 큰 꿈을 가지고 이 섬을 떠났을까.

손바닥만 한 밭에는 김장 배추들이 묶인 채 비닐 포장에 덮여 있다. 남쪽 지방이라 저렇게 두어도 얼지 않는 것이 내 고향에서는 상상도 못 할 일이라 신기하기만 하다. 수세식 변소라며 이 마을에서 제일 살기 좋은 집이라고 자랑하던 할머니 집을 지나쳐 왔다. 꼬불꼬불 내려온 골목길이 정겹다.

소박한 마을. 한편으로는 떠나는 사람들이 많아 쓸쓸한 바람이 부는 마을. 마을을 뒤로하고 배를 타러 나가는 발걸음이 무겁다. 몇 번이나 뒤돌아서서 동백나무숲과 집들과 그물 둥치를 훑어본다. 떠오르는 해처럼 마을에 활기가 넘쳐나기를 기원한다.

시간이 멈춘 선물상자

위점숙

휴일 아침, 햇볕이 따뜻한 창가에 앉아 남편과 함께 커피를 마시고 있는데 어디선가 "툭 두둑" 하는 소리가 났다. 깜짝 놀라 소리의 근원지를 찾아 여기저기 살펴보았지만 아무 이상이 없었다. 밖에서 나는 소리를 착각한 듯싶어 다시 앉아 커피를 마시고 있는데 이번에는 "투두둑 툭" 하고 떨어지는 소리가 묵직하게 났다. 소리가 나는 곳으로 부리나케 달려가 보니 베란다 창고 문이 빼꼼히 열려 있고 상자 하나가 밖으로 삐져나와 있었다.

창고 문을 열자, 선반이 무게를 이기지 못하고 부러져 꺾여 있고 책들이 쏟아져 온통 난장판이었다. 그래도 다행히 작년에 담가 논 매실과 마가목, 아로니아 항아리는 무사했다. 아찔하게 선반 위에 걸려 있던 상자들을 하나하나 꺼내 밖으로 옮겼다. 책으로 가득 찬 상자들은 커다란 돌덩어리가 든 것처럼 무거웠다. 이사 올 때 버린다고 버렸는데도 아까워 못 버린 책이 창고 안에 그대로 있었던 것이다.

여기저기 흩어져 있는 책을 한쪽으로 치우고 이번에야말로 정말로 버려야겠다고 단단히 마음을 먹고 상자를 열었다. 뜻밖에도 안에는 까맣게 잊고 있었던 아들과 딸이 초등학교 때 썼던 일기장과 스케치북, 독서록이 들어 있었다. 생각지 않았던 선물을 누군가에 받은 것처럼 마음이 두근거렸다. 서둘러 상태를 살펴보니 고맙게도 20년이 넘었지만 누렇게 변색 되거나 곰팡이도 슬지 않고 양호했다.

"이 일기장 엄마가 잘 보관했다가 시집 장가가서 엄마 아빠가 되면 너희 아이들에게 보여 줄 거야. 그러니까 대충 쓰지 말고 성의 있게 쓰는 것이 좋을 거야."

협박 아닌 협박을 하자 설마 하며 고개를 갸우뚱하던 아이들의 모습이 떠올랐다. 이제 어엿한 성인이 된 그들이 이 일기장을 보면 무슨 말을 할까, 생각이 거기에 미치자 나도 모르게 웃음이 나왔다.

하나하나 꺼내 살펴보니 1학년 때부터 6학년 때까지 쓴 일기로 그때의 학교생활 모습과 생활환경이 그대로 기록이 되어 있었다. 동생과 싸운 뒤 동생이 얄미워 죽겠다며 어디론가 사라져 버렸으면 좋겠다고 쓴 저학년 때 일기에는 "푸하하, 동생이 있어서 그나마 혹도 나고, 화도 나요. 동생 없는 사람은 불쌍해."라는 선생님의 댓글이 쓰여 있었다. 지금은 인권 운운하며 일기장 검사가 사라졌지만 그 당시 아이는 선생님이 찍어 준 "참 잘했어요." 검사 도장과 댓글을 읽는 재미에 일기를 더 열심히 썼던 것으로 기억하고 있다.

어느새 나는 일기에 푹 빠져 3, 40대 아이를 키우던 시절로 돌아가 있었다. 스승의 날 일일 교사로 참가해 너무 긴장한 나머지 수업시간이 끝났는지도 모르고 두 시간도 넘게 해 버린 일, 아들이 밤새 열이 떨어지지 않아 응급실로 달려갔던 일, 상동에 있는 논으로 올챙이를 잡으러 갔다가 진흙탕에 넘어져 몽땅 진흙을 뒤집어쓴 일이 고스란히 그곳에 담겨 있었다.

그런데 5학년 때 아이의 일기장을 넘기다 보니 6월 어느 날 쓴 일기장이 심하게 구겨지고 군데군데 찢긴 부분을 간신히 풀로 붙여 놓은 모양새였다. 무슨 일이 있었는지 날짜를 보며 기억을 떠올려 보았지만 오래된 기억은 깊숙이 가라앉아 쉽사리 수면 위로 떠오르지 않았다. 서둘러 그다음 장 일기를 읽어 보니 제목만 보고도 그날 일들이 생생하게 떠올랐다.

그날은 회사 일이 빨리 끝나 평소보다 일찍 집으로 돌아왔는데 아들은 눈이 퉁퉁 부어 있고 분위기가 심상찮았다. 깜짝 놀라 무슨 일이 있었는지 묻자 아들은 내 품에 안겨 대성통곡을 하며 자초지종을 이야기했다.

학교가 끝나고 돌아오는데 같은 동에 살고 있는 반 친구 엄마가 오늘 일기장에 선생님이 무슨 말을 써 줬는지 궁금하다며 보여 달라고 하더란다. 남에게 일기장을 보여 줄 수 없다고 하자 강제로 빼앗으려고 했고, 실랑이하는 과정에서 일기장이 찢어지고 말았던 것이다. 더 기가 막힌 것은 아이가 울고 있는데도 그 일기장을 보며 자기 아들 것과 비교를 하며 이죽거린 모양이었다. 직장을 다니지 않고 아이 곁에 있었더라면 하는 생각과 함께 가슴이 쿵 하고 내려앉았다. 당장 쫓아가서 아이한테 왜 그랬느냐고, 어른으로서 할 짓이냐고 쏘아붙이고 싶었지만 똑같은 어른이 되기 싫어 꾹꾹 눌러 참았다. 다행인지 불행인지 몰라도 다음해에 그 엄마는 남편 직장을 따라 다른 곳으로 이사를 갔다. 일기를 읽는 내내 그때 서럽게 울던 아이의 모습이 떠올라 명치끝이 아릿해졌다.

상자에서 일기장과 스케치북을 꺼내 안방 책장에 진열했다. 어느새 책장은 아이들의 소중한 이야기들을 담은 선물상자가 되었다. 그 상자는 언제든지 문만 열면 내 아이들의 어린 시절, 그 어느 날을 들려줄 것이다.

마라도 여행

이연배

"태풍 '오마이스'가 제주도 서귀포 남쪽 백 킬로미터 지점에서 북상하고 있습니다. 제주도는 바람이 점점 거세지고 있습니다." 지난 8월 하순, 흘러나온 제주도 태풍 뉴스에 귀가 번쩍 뜨였다.

제주도 바람, 정말 거셌다. 삶의 고난처럼 당해 보지 않고서는 실감하지 못한다. 지난봄 아내와 딸과 나는 제주도로 나들이를 갔다. 도착 다음날 마라도로 향했다. 최남단 섬이요, 섬 속의 섬이 궁금했었다. 선착장에 도착하니 바람이 세찼다. 흔히 부는 바닷바람이려니 여기고 표를 사려는데, 마라도에는 한 시간밖에 머무를 수 없다고 한다. 풍랑 때문이란다. 잠시 망설이다 내친 마음 포기할 수 없어 왕복표를 끊었다.

배에 오르니 객실 손님은 7, 8명뿐, 우리는 널찍이 자리 잡고 꿈을 부풀리고 있었다. 그런데 바다는 성이라도 난 듯 파도가 거칠게 일고 있었다. 배가 출발하자 선체가 흔들리기 시작하고, 바닷물이 튀어 올라 객실 유리창을 때렸다. 넓은 바다로 나아갈수록 배는 이리저리 휘청거리며 갈피를 잡기 어려웠고, 바다 가운데 떠 있는 일

엽편주 같았다.

배의 요동이 커지고 몸도 요리조리 뒤틀리자 나는 불안한 생각이 들었다. 문득 15세기에 스페인을 떠나 대서양을 횡단했던 콜럼버스가 떠올랐다. 그는 신대륙을 세 차례 왕복하면서 태풍을 여러 번 만났다. 당시 동력도 없이 바람과 조류와 나침반만으로 항해하다가 망망대해에서 태풍을 만났으니 얼마나 위험했겠는가. 생사를 넘나들며 대서양을 항해했던 그때와 비교도 안 되겠지만, 나는 조금씩 겁이 나기 시작했다.

어쩌면 배가 침몰할 수 있겠다고 생각되었다. 배가 만일 침몰하면 우리는 어찌 되는가. 드센 파도와 차가운 물속에서 구명조끼를 입고 구조대가 올 때까지 몇 시간을 버텨야 한다. 그래도 나는 수영할 수 있어 어느 정도 안정하며 견딜 것 같은데, 아내와 딸은 맥주병이니 지레 겁을 먹고 허겁지겁하지 않을까. 둘이 위험에 처해 있을 때 나는 누구부터 구해야 하는지 고민되었다.

아내부터 구조한다면 딸은 어찌 되는가. 우리는 맞벌이하느라 어린 딸에게 많은 사랑을 쏟지 못했다. 강하게 키우려고 어린 시절 약수터까지 걸리기도 했지만, 그 후 자상한 아빠 노릇을 하지 못했다. 대학 졸업 후 호주로 체험 학습 떠나려는 딸을 출발 전날 날아온 취업 통보가 반가워 만류한 게 아쉽다. 그러나 잔정 많은 딸은 결혼 후 우리에게 얼마나 살갑게 대하는지. 그런데…. 나는 죄책감에서 헤어나지 못하리라.

딸을 먼저 구출한다면 아내는 또 어찌 될 것인가. 살 만큼 살았다는 평소 아내의 말은 진심일까. 젊은 시절 식구들을 위해 헌신하는 아내를 알아주기는커녕 이해와 포용력 부족으로 충돌만 잦았으니. 때늦은 후회지만 나중에 아내를 만난다면 무어라 할 것인가. 아내와 딸 사이에서 한참을 번민하고 있는데, 정작 둘이는 아무것도 모른 채 서로 웃고 즐거워하고 있다. 칼 들고 있어도 방긋 웃는 아기 같다고 할까.

험한 파도 속에서도 다행히 배는 30여 분 후 마라도에 도착했다. 망망대해 가운데 작은 점 하나. 사방은 끝없는 수평선이다. 바람과 물결이 거세도 수평선은 부처님처럼 잔잔하다. 해안은 온통 기암절벽이요, 섬 위는 평평한 들판이다. 동서로 500미터, 남북으로 1.3킬로미터인 고구마 형태로, 면적은 0.3평방미터이다. 130여 년 전인 1883년부터 사람이 살기 시작하여 지금은 백여 명쯤 된단다. 몸을 가누지 못할 정도의 세찬 바람을 맞으며, 우리는 정신없이 들판 위 순환도로를 한 바퀴 돌았다. 성당과 교회와 절도 있었고, 최남단 기념탑과 통일기원탑도 있었지만 주마간산이었다. 주민들의 손짓에도 그 유명하다는 짜장은 먹지 못하고, 사나운 바람만 실컷 맞았다. 죽도록 왔는데 한 시간은 너무 짧고 아쉬웠다.

배가 다시 마라도를 출발하자 너울성 파도는 이전보다 더 심했다. 배는 더 많은 롤링과 피칭을 하였고, 바닷물은 갑판 위로 더 많이 튀어 올라 흥건했다. 배가 정말 어찌 될 것 같았다. 나는 다시 누구부터 구해야 하는지 고민되었다. 그런데 거대한 파도와 차가운 바닷물 속에서 나는 과연 얼마나 버틸 수 있을지 의문이었다.

일이 생기면 각자도생하면서, 운명에 맡길 수밖에 없을 것 같았다. 이런 바람에는 아예 배를 타지 말았어야 했는데. 나는 점점 초조해 졌다.

남는 건 기도뿐이었다. '하나님, 제발 이 난국을 비켜 가게 하소 서. 우리는 아직 때가 아닙니다. 할 일이 많이 남아 있습니다. 이번 에 무사하면 좋은 일 하며, 더 감사하고 베풀며 살겠습니다.' 두 손 모아 열심히 기도를 했다. 한참을 기도하는 사이, 배가 처음 출발 했던 선착장에 닿았다. '이제 살았구나!' 하는 안도의 한숨이 절로 나왔다. 배에서 내려도 몸이 흔들거리고 정신이 얼얼했다. 그런데 아내와 딸은 연신 못 먹은 짜장만을 들먹인다. 죽느냐 사느냐 판국 에 짜장이라니, 철은 언제 들 것인가.

이후 제주 해상에는 풍랑주의보가 발령되어 운항이 금지되었다. 제주도 바람, 정말 무서웠다. 거센 바람은 바다를 흔들어 놓았고, 거친 풍랑은 배를 뒤흔들며 내 정신을 빼앗고 운명을 바꾸려 대들 었다. 그 속을 뚫고 다녀온 게 꿈만 같았다. 반면 마라도와 만남은 너무 짧았다. 힘든 여정 짧은 만남, 삶의 한 단면 같다고 할까. 억 센 제주도 바람으로 우리는 더 강해지고 성숙해졌으리라 그러나 바람은 언제 어떤 일을 일으킬지 모르니 항상 조심해야 한다. 그 기도도 잊지 말아야 한다.

바람이 잔잔한 날, 다시 마라도에 가서 파란 수평선 바라보고 싶 다. 그때는 부드러운 남쪽 바람 쐬며 짜장 한 그릇 먹고 싶다.

설날의 노인 무료 급식소

김원배

오늘 설날 새벽에 눈이 제법 많이 내렸다. 이런 날에 자원봉사자들이 얼마나 참석할까. 무료 급식을 받으려 노인들이 얼마나 올까. 아침 일찍 탑골공원 후문 쪽에 있는 노인 무료 급식소로 가는 내내 궁금하고 걱정이 된다. 급식소는 노숙자와 노인들을 위해 일 년 내내 하루도 빠짐없이 아침과 점심을 제공하는 곳이다. 공공기관의 지원 없이 자원봉사자들의 노력 봉사와 독지가들의 성금만으로 이십여 년 운영되어 왔다. 요사이 겨울에는 이백여 명이 아침 떡국을, 삼백여 명이 점심밥을 받기 위해 급식소 앞에 줄을 선다. 혹시 늦게 오면 받지 못할까 하여 일찍부터 추위에 떨며 담벼락 돌 의자에 쪼그리고 앉아 졸며 기다리는 노인도 있다.

아침 일곱 시부터 자원봉사자들이 급식소 이층 조리실에 한 명 두 명 모여든다. 많을 때는 이십여 명이 되고 어떨 때는 대여섯 명이 나와 바쁘게 일하기도 한다. 오늘은 내 걱정과는 달리 열여덟 명이나 참석하여 안심이 된다. 특히 젊은이들이 많이 와 작업에 활기가 넘친다. 이들의 온정과 봉사 정신이 얼마나 대견한가. 정해진

날짜가 없고 오고 싶을 때 오므로 봉사 인원이 일정하지 않다. 그나마 코로나로 참여 인원이 점점 줄고 있다. 나는 친구의 권유로 작은 힘이라도 보태기 위해 일주일에 한두 번 참여하고 있다. 나이 들어 시간이 많고 다소 건강할 때 몸으로 베풀 수 있는 기회를 가진 것이 보람이고 재미도 있다.

급식소 운영을 책임지고 있는 보살이라는 분은 따스한 밥 한 끼가 배고픈 사람을 살리고 세상을 아름답게 한다면서 매일 출근하여 몸을 아끼지 않고 일한다. 코로나 방역 당국에서 운영 중지를 권고하러 왔을 때도 이곳이 아니면 온종일 굶는데 어떻게 할 것이냐고 설득해 하루도 쉬지 않았다고 한다.

보살의 지시에 따라 봉사자들이 합력(合力)하여 급식 시간에 맞추어 잘 해낸다. 아침은 떡국을 끓여서 일회용 용기에 푸고, 반찬(단무지), 숟가락과 함께 검은 비닐봉지에 하나씩 담는 작업을 한다. 배부 준비가 다 되면 여덟 시 반부터 운영자와 봉사자들이 줄 선 노인들을 향해 인사하고 배부를 시작한다. 오늘은 평소보다 조금 적게 백오십 명 정도 받아 갔다. 받아서 딴 곳으로 가는 사람도 있으나 주로 공원 안에 구청에서 설치해 놓은 식탁이나 긴 의자에서 식사를 한다. 오늘은 식탁과 의자 위에 눈이 쌓여 빗자루로 쓸고 행주로 닦아 두었다.

아침 배부가 끝나면 점심밥 준비를 한다. 평소에는 일회 용기에 밥, 국, 반찬을 각각 담아 숟가락과 함께 비닐봉지에 넣고 싸서 열한시 반부터 배부를 한다. 오늘은 설날이라 떡국을 다시 끓여서 담고, 두유, 초코파이, 마스크, 모자, 목도리를 선물로 나눠했다. 신물은 후원자들이 보내 준 것이다. 평일보다 좀 적은 이백오십 명이 받아 갔다. 설날 가족과 같이 집에서 식사를 못 하고 여기서 한 끼를 해결하는 모습을 바라보고 있자니 애잔한 마음이 밀려온다. 본인들은 얼마나 비감하고 외로울까.

줄 선 사람들은 대부분이 남자 노인이고, 여자 노인은 몇 명 되지 않는다. 노숙자, 장애인, 독거노인, 누추한 노인, 깔끔한 노인 등 다양하다. 동료와 같이 식사하며 외로움을 달래려고, 말할 사람이 그리워 멀리서 오는 노인도 있다고 한다. 한때 부모의 귀염둥이 아이였고, 꿈 많은 젊은이였고, 아버지였고, 집안 어르신이기도 하였을 것이다. 모두 얼마나 많은 애환과 영욕의 세월을 보냈을까.

밥 봉지를 나누어 주면서 나 자신을 돌아본다. 부모덕에 공부하고 분수에 맞게 평범하게 살다 보니 운이 좋아 집에서 밥을 먹고 있다. 나이가 더 들고 건강이 나빠지거나 앞날이 어떻게 될지 모르니 나도 저분들과 다르지 않을 수 있다는 생각에 마음이 착잡하고 겸손해진다.

연금제도가 잘된 선진국에서는 인생의 황혼인 노년은 아름답고 축제와 같다는데 우리나라 노인들은 어떠한가. 추위에 떨며 서 있는 긴 줄을 보면 그렇다고 할 수 없을 것이다. 노후 준비가 없어 가난하고, 디지털이란 새로운 문명의 물결에 적응하지 못하고, 노령화가 빨라지면서 노인 세대가 가장 힘들게 되었다. 과거 우리 사회는 노인을 대우했다. 어디 가든지 따뜻한 데 앉혀 드렸고, 좋은 것을 드렸고, 노인 말씀이라면 존중했다. 누구나 맞이하는 노년이다. 인생의 노을이 아름다워야 일생을 잘 살았다 하지 않겠는가.

하루 배식이 모두 끝나자 운영자인 보살은 탑골공원 안에 있는 원각사지 십층 석탑 앞에서 향을 피우고 탑돌이를 하며 간절히 기도를 하고 있다. 무엇을 기구(祈求)하고 있을까. 아마 여기에 줄 서는 노인이 한 사람도 없기를, 탑골공원이 외롭고 쓸쓸한 장소가 아니라 노년 축제의 마당이 되기를 염원하지 싶다.

엷은 흰 구름 사이로 태양이 탑골 설원(雪園)을 상서롭게 비추고 있다.

빈 나뭇가지는

이종걸

농장 일을 마무리하던 날이었다. 오후에 시작한 일은 얼마 지나지도 않았는데 그림자가 길게 드리웠다. 산속은 일찍 어두워지니 마음이 급하다. 부지런히 손을 놀려 배추의 마른 잎을 따내고 그늘에 세워 둔 자동차까지 나르는데 땅거미가 내리는가 보다. 이렇게 되면 숲속 나무 밑은 이미 어둠이다. 집과 농장의 거리가 멀기 때문에 노동 시간이 짧아서 우리는 자주 이렇게 늦게까지 일을 하고는 한다.

무서움을 참지 못하고 얼른 차 안에 들어가 앉았다. 나는 어두운 것이 정도 이상으로 싫다. 캄캄한 곳에 괴물이 도사리고 있다가 목덜미를 잡아끄는 것 같아 온 신경이 움츠러든다. 한데 어두울 것이라고 지레 겁먹은 밖의 광경이 좀 다르다. 나뭇가지의 무늬가 흐릿했지만 확실하게 보이는 것이 아닌가. 호기심 반 두려움 반으로 차에서 내려 보니 사물이 제대로 보인다. 평소 이 시간에는 우거진 나무 그늘 속에 희미한 농로만 보이고 컴컴한 어둠이 스멀스멀 나를 덮칠 것 같았다. 한데 지금은 그게 아니었다. 마치 지붕이 날아간 판잣집같이 성긴 나뭇가지 사이로 석양이 어스름한 하늘이 펼쳐져 있다. 그리고 앙상한 가지들 사이로는 산 아랫마을이 설핏하게 드러나 보이는 것이 아닌가. 아니 저 마을이 이렇게 가까이 있었다니…. 순간 어리둥절했다.

엊그제만 해도 가랑잎이 무성하게 달려 있던 갈참나무는 그 잎사귀들 너머에 있는 빛을 받아들이기를 거부했다. 한데 오늘 낮 겨울을 손잡은 회오리바람에게 그 많은 이파리를 모두 뺏기고 나니 이렇게 하늘빛을 모두 받아들인 것이다. 시야가 넓어진 나목의 앙상한 가지 사이로 서산으로 기울어 간 태양의 잔영과 초열흘 상현 달빛이 찾아와 함께 어울려 있다.

농장 뒤는 키가 큰 갈참나무들이 조밀하게 들어선 산자락이다. 그 끝에 누운 듯 펼쳐져 있는 밭머리에 봄이면 만발한 조팝나무 꽃향기 사이로 벌과 나비가 바쁘고, 녹음이 짙은 여름에는 꾀꼬리가 깃들어 하루 종일 "꾀꼬~리 고리골골" 하고 아름다운 노래로 나의 지친 몸을 위로해 준다. 이따금 뻐꾸기와 까마귀도 찾아와 반주를 맞추는 평화로운 이곳에 11월을 지나면서 황금빛 물감이 조금씩 뿌려지기 시작했다. 가을비가 내리고 하늘이 깊어질 때마다 그 빛이 짙어지면서 가을은 여름을 밀어내고 있었다.

오늘도 농장에 가을 마무리를 하고 있는데 거센 계절풍이 달려와 이 골짜기를 맴돌았고 그 바람을 따라 노란 갈참나무 낙엽들이 회오리치며 장관을 이루었다. 모태나무와 이별하는 아쉬움의 몸부림인지, 아니면 자유의 몸이 되었다는 환호의 몸짓인지 알 수는 없지만 나는 한동안 그 광경에 넋을 잃고 있었다.

'가을!' 릴케는 여름이 위대하다 했지만, 나는 진정 가을이 위대하다고 생각한다. 여름의 성장이 만물을 살찌우고 풍만함이 절정에 이르면 가을은 그 열매를 영글게 한다. 여문 열매는 땅으로 향하여 새로운 생명을 약속하고. 이삭이 된 열매들은 조용히 고개를 숙여 겸손이란 명제를 우리에게 가르친다. 녹음(綠陰)에 덮여 있는 산도 아름답지만 잎사귀들이 떨어져 버린 빈 나무가 가득한 산은 아집을 벗어 버리고 서로 소통하는 것 같아서 더 좋다.

이 오묘한 자연 속에 서 있는 나는 문득, 자연의 가을은 이렇게 여물고 익어 가는데 인생의 가을을 살고 있는 나는 어떤가 되돌아본다. 삶이 버겁다는 걸 알면서도 어느 것 하나도 내려놓지 못하고 있다. 농사도, 육아도, 봉사 활동도 자랑인 양 거머쥐고 동분서주하고 있는 것이 아닌가. 막상 마음속에 꿈으로 묻어 둔 씨앗 하나, 그것은 뒤로 미루고 말이다. 옷을 벗어 버린 나목은 혹한을 견디고 나면 새로운 생명이 움트지만 나의 가을에 봄은 언제 찾아올까. 그래, 나를 돌아보고 내 주위를 정리하자. 그리고 가슴에 묻어 둔 꿈의 씨앗에 물을 주고 가꾸련다.

자연의 한 어귀에 앉은 평범한 뒷동산은 사계(四季)가 오고간다. 이제 좀 있으면 부드러운 달빛과 고운 별빛이 낙엽 위에 내려와 계절을 속삭일 것이다. 그리고 날이 밝으면 태양과 계절풍이 서로 자리 다툼하며 찾아올 것이다. 나목은 이런 친구들과 정을 나누며 폭풍 한설을 견뎌 낼 힘을 얻고 새봄, 새순을 틔우기 위한 준비를 하겠지.

찌르르~ 게으른 풀벌레가 쉴 집을 찾나 보다. 하얀 노을빛이 빈 나무 사이를 조용히 흐르는데, 무채색의 나뭇가지 사이로 가을을 한 아름 안은 남편이 가까이 오고 있다.

2

봄을 기다리는 여인

홍애자

편지 한 통을 받았다. 발신인을 살피다가 순간 너무 놀랐다. 'ㅇ
ㅇ교도소 아무개'라고 적혀 있는 게 아닌가. 놀랄 뿐만 아니라 단
몇 초 사이에 내 뇌리에는 여러 사람들의 얼굴이 휙휙 스쳐 지나갔
다. 어떤 사람이 무슨 일로 그곳에 가 있는 것일까. 누구일까, 분명
나를 아는 사람인 것 같은데. 조금은 두려운 생각을 하며 급히 봉
투를 뜯었다.

거기에는 '존경하는 ㅇㅇㅇ 선생님께'라는 제목으로 시작된 편지
였다.

"이 봄에 평안하십니까? 여긴 봄꽃이 피는 남도입니다. 선생님
계신 그곳보다 봄이 먼저 이르고 먼저 길 떠나는 곳입니다. 이곳엔
봄이 오지 않을까 두려워하는 이들, 봄이 와도 겨울밖에는 누릴 수
없는 이들이 있습니다. 그 가운데 제가 서 있습니다." (중략)

가슴에 무엇이 뭉치는 듯 뻐근해 왔다.

2006년 수필집 《뒷모습의 대화들》이 출간되고 한국문예진흥원
에서 '우수문학도서'로 선정되어 2천 부를 재출판, 전국으로 배포

를 할 때 책을 자주 접할 수 없는 오지와 교도소에도 보내진다고 들었다.

"마치 봄을 맞으라고 보내 주신 것처럼 선생님의 수필집을 받아 들고 한동안 솟구치는 눈물을 삼켰습니다."

마음이 숙연해지는 순간이었다. 나로서는 도저히 상상도 할 수 없는 환경에 처한 젊은 여인의 편지는 구절마다 가슴이 메어지도록 절절했다. 대나무가 그려진 예쁜 편지지에 정성스럽게 또박또박 눌러 쓴 정교한 글씨에서 그 여인의 성품이 돋보이는 듯했다. 무척 섬세하고 자존감도 강하고 지적인 품성의 여인 같았다. 그런 사람이 어쩌다 왜 그곳엘 가게 되었을까 하는 생각을 하자 문득 한 번 만나 보고 싶은 충동을 느끼면서도 마음을 접어 두기로 했다.

"선생님의 글을 읽고 나서 계속 읽고 싶은 마음에 어렵게 선생님의 주소를 구해 편지를 드리면서도 이 주소지에 계실지 궁금하고 초조했답니다."

두 번째 편지를 받은 나는 가슴에 작은 동요가 일었다. 따뜻한 봄이 와도 봄을 맞이할 자격이 없다는 그녀. 마침 사순절에 두 번째의 책을 읽으며 육체는 금식으로 비워졌으나 영혼은 귀한 양식을 먹고 배부른 시간이 되었다는 여인의 편지는 내게 소중한 귀감으로 다가왔다.

오래전 교도소로 보내는 〈편지쓰기회〉에서 만났던 몇 사람들과의 소통은 내게 커다란 보람과 기쁨을 안겨 주었다. 그녀들을 만나 대화를 하면서 그동안의 고뇌와 정신적 고통을 승화시킨 모습을 보게 되면 너무나 반갑고 기뻤다.

그들은 우리와 다른 사람들이 아니다. 생각의 차이로 순간의 실수와 어쩔 수 없는 타인에 의한 음해의 수렁에 빠졌던 사람들이기에 되돌리는 시간은 그리 오래지 않은 것 같다.

법원이 가까운 곳에 살면서 나는 수인들의 호송차를 자주 만난다. 밖에서 안에 탄 사람들을 볼 수가 없으나 그들은 밖을 내다볼 수 있을 것이다. 여러 형태의 실수로 죗값을 받는 그들의 내면은 어떤 생각으로 차 있을까 늘 궁금했다. 밖을 향한 마음이 얼마나 절실할지, 외부 사람들은 어떻게 바라볼 것인지는 아무도 가늠이 되지 않는다.

그 여인이 기다리는 봄은 언젠가는 그녀의 품에 품어지지 않을까 싶다. 봄은 왔건만 여전히 가슴이 시리고 추운 겨울이라고 말하는 여인은 철없던 시절 죄에 빠져든 것을 뼈가 녹아드는 것처럼 속죄를 한다고 했다. 그런 마음을 갖게 한 것은 분명 선의 온기가 있어서라고, 이 세상에 가장 낮은 이곳에서 자신을 추스르며 길고 긴 9년에서 6년이 지나고 있다고 했다.

2009년 4월 12일에 보낸 편지에서 그 여인은 새봄을 맞아 기쁘게 부활절을 보내고 있다고 전했다. 그 편지를 꺼내 다시 읽으며 어쩌면 지금쯤 퇴소하여 따뜻한 봄을 누리며 새 삶을 살아가고 있을 여인을 그려 본다.

간절히 봄을 기다렸던 여인, 찬란한 봄을 한 아름 보내고 싶다.

팔순을 넘은 삶을 살면서

윤영전

올해 칠월이면 팔순(八旬)을 넘은 나이에 이른다. 앞으로 생은 지난 세월보다 짧다. 어찌하면 유종(有終)의 미(美)를 거둘 수 있을까, 자주 자문하곤 한다.

지나온 삶을 후회 없이 살아왔는가를 묻는다면, 후회도 많은 삶이었다고 답하고 싶다. 그동안 살아온 세월이 그 어느 세기보다 격동의 시대였기에 희로애락(喜怒哀樂)의 순간들이 많았던 것 같다. 기쁘고 즐거움보다 질곡의 순간들이 자주 다가왔었다.

하나 한편으로 궤변도 늘어놓았다. 시대와 조상을 잘못 만나서, 아니 운(運)이 없어서라고 여기기도 했다. 스스로 노력도 부족했고 게을렀음에도 운 탓이라고 하면 이는 정도(正道)가 아니다. 그러나 나에게도 변화의 기회가 있었기에, 노력한 만큼 작은 결실을 얻기도 했다.

해방 공간과 6·25 전쟁 전후에서 여섯 살 철부지였던 내가 맏형의 억울한 죽음을 목도했었다. 그때 각인되었던 아픔이 성년이 되어서도 생생하게 다가왔다. 조국 분단 과도기에 스물두 살의 형이 억울한 죽임을 당하였다. 그 후 60년 만에야 진실이 규명되고, 또한 명예도 회복되었다. 참으로 오랜 슬픔에서 벗어나는 기쁨의 순간이기도 하였다.

나는 반백 년 전, 가면 죽는다는 베트남 전쟁에 참전했다. 그 용기가 어디서 났는지 모른다. 그때 1965년 2월 한국 해외 최초 파병은 두려움의 도전이었다. 참전 13개월 동안 생과 사의 기로에서, 한때 깊은 상념에 빠지기도 했었다. 그러면서도 분단국의 평화와 통일을 갈망하는 의지를 더욱 갖게 되었다.

당시 나는 부역자 가족으로 신원 조회에 좌절했었고, 둘째 형이 의용군과 국군에 참전해 상이군인으로 제대를 했다. 그 후 형이 치른 세 번의 지방선거로 인해 집안이 기울어져, 내 진학의 꿈도 접어야만 하였다. 그러나 주경야독으로 학업을 이어 갔다. 그때 모든 걸 포기하지 않고 용기를 잃지 않았기에, 내 삶에 작은 영광도 있었다.

열일곱 살에 청상과부가 되신 양할머니가 우리 8남매 손자녀를 마치 산모처럼 받아 내고 양육하셨다. 이런 연유로 양할머니는 문중의 열녀로, 부모님은 효자 효부로, 나는 3남이면서 50년이나 조부모님을 모셔 효열 3대 가로 이어 갔다. 8남매 중에서 내가 중심을 잡지 않았다면, 과연 우리 집안은 어찌 되었을까. 아마도 풍비박산이 되었을지도 모른다. 이런 사실이 자화자찬으로 비쳐질까 송구한 마음이다.

한편으로 언제나 자성하고 자책하면서 늘 다짐하곤 했다. 과연 남은 생을 어떻게 마무리하여 온전한 삶을 살았다고 자부하고 또

한 과오를 뉘우칠 수 있을까. 최선을 다해 성실하게 노력하는 길밖에 없었다. 지성이면 감천이란 믿음으로 살아왔던 신념이 유효했던 것 같다.

첫 번째가 부족한 글쓰기다. 초등학교에서 글짓기에 흥미가 있었고, 성년에도 정진하면서 만학의 꿈을 이어 갔다. 가방끈이 짧다는 자괴감도 있었지만 열심히 노력하고 배워 여러 권의 책도 펴냈지만, 역시 부족하기만 하다.

내 평생 나에게 제일 크게 다가왔던 과제는, 우리가 살고 있는 조국 한반도 분단의 아픔을 어떻게 치유하느냐 하는 무거운 과제였다. 이 땅에 평화와 통일을 원한다면, 말로만 노래하지 말고 평화와 통일을 위한 실천 운동에 적극 앞장 서야 한다고 생각했다. 그러나 그 노력과 실행도 많이 부족하였다.

통일된 베트남을 몇 차례 다녀오면서, 그들에게 아픔과 슬픔을 안겨 준 사실에 대해 진정으로 사죄하였다. 그들은 지난 원한을 모두 용서한다고 하였다. 베트남은 당당히 외세인 강대국을 물리치고 통일된 나라로 발전하고 진력해 자부심도 강했다.

올해 팔순을 넘기면서 좌우명으로 삼은 '최선을 다한 삶을 살아왔는가?' 자문하며, 그동안 나와 맺은 아름다운 인연들에 감사한다. 비록 젊지 않은 나이지만, 안중근·윤봉길 의사(義士)처럼 두 분의 조국 사랑을 본받아 남은 생을 살아가려 다짐해 본다. 한반도의 평화 통일은 우리 8천만 동포들의 꿈이요, 소원이다. 이 땅에 평화 통일이 오는 그날까지 최선을 다한 삶을 살고자 재삼 다짐해 본다.

내 모습 찾기

김외출

  몇 년 전 아마추어 사진작가인 남편이 거실에서 여권 사진을 찍는다며 사진기를 삼각대에 고정했다. 반사판을 이리저리 옮기며 내 얼굴에 초점을 맞추느라 손놀림이 바쁘다. 그렇게 찍은 사진들을 컴퓨터에 연결해 모니터링을 했다. 이럴 수가! 눈꺼풀은 아래로 처져 실눈이 되었고, 눈초리는 성난 시어미 같고, 한쪽 볼과 입술은 부어 영락없이 볼거리 앓는 할멈 꼴이었다. 사진기가 거짓말할 리 없으련만 나는 애꿎은 남편 사진 솜씨만 나무랐다.

  사람이 나이가 들면 볼품없고 초라하게 변하는 것이 순리지만 그래도 엘리자베스 여왕처럼 품위 있고 우아한 모습으로 늙기를 바랐건만…. 링컨은 마흔이 넘으면 자기 얼굴에 책임을 지라고 했다는데 내가 세상을 어떻게 살았기에 이토록 추한 몰골로 늙었을까! 전에 앓은 안면 마비의 후유증 탓도 있으리라.

  평소 별 탈 없던 치아 몇 개가 문제가 생겨 치과 출입이 잦았다. 특히 신경 치료를 할 땐 온몸이 자지러질 듯 진저리를 치고 나면 입맛을 잃고 감기와 몸살까지 났다.

그런데도 여느 때와 다름없이 새벽마다 관악산에 올랐다. 그렇게 오랫동안 찬바람을 안고 걸은 탓인지 좌측 얼굴의 감각이 둔해지더니 갑자기 안면 신경 마비가 왔다. 바로 치료를 시작했지만 일년이 넘도록 회복될 기미가 보이지 않았다.

한의사가 눈 가장자리와 코 사이에 침(鍼)을 놓으면 금방 눈에서 피가 흐르는 듯하여 이러다가는 앞을 못 보게 될 것만 같아 등골에 식은땀이 도랑물처럼 흘렀다.

어쩌다 거울을 보면 괴물처럼 변해 버린 얼굴이 무서웠다. 나는 벼랑 끝에 매달린 심정으로 날마다 구원의 손길을 애타게 기다렸다. 요즘 현대 의학이 무서운 암도 조기 발견하면 완치하는 경우를 보는데 나는 왜 이런지 안타까웠다.

비대칭을 이룬 얼굴은 매사에 자신감마저 꺾어 대인 기피증까지 불러왔다. 집에서 자신을 다독이며 투병하자니 감옥살이가 따로 없는 것 같았다.

평소 경전을 읽고 뭔가를 깨달은 양하면서도 실천한 적이 없으니 그렇게 지은 업보연기(業報緣起)인가 싶어 두려웠다. 좌절의 늪에 빠져 허덕이면서도 완치될 수 있다는 한 가닥 희망마은 버리지 못한 채 버티었다.

시간이 흐르면서 마비된 부분이 차츰 제 모습으로 되돌아왔다. 하지만 스트레스를 받거나 피곤하면 바로 눈에 이상을 느낀다. 책을 보거나 컴퓨터에 앉아 잠시 작업을 해도 눈이 아리고 왼쪽 볼과 입의 감각이 둔해져 재발될까 봐 불안에 떨곤 한다.

평소 왜소한 체격과 작은 키 때문에 큰 사람 옆에 서면 주눅이 들었다. 하나 친구들이 부러워하는 쌍꺼풀진 눈이 있어 조금은 위로받고 살아왔는데, 이제는 그마저 자웅눈이 되어 버렸으니….

요즘 성형 열풍이 불어 우리나라를 '성형공화국'이라고 한다. 거리엔 외모가 비슷한 미인들이 넘쳐난다. 특히 여자는 나이와 상관없이 아름답고 싶은 욕망이 크지 않던가! 남들처럼 흉내 내고 싶지만 엄청난 비용은 차치하고라도, 워낙 메스를 두려워하는 나는 엄두도 못 내고 살았다.

남편은 내가 딱해 보이는지 능청을 부렸다.

"마님, 걱정 마세요. 이런 미인을 보고 누가 탓하리까."

나를 사진기 앞에 다시 앉히고 셔터를 눌러 댔지만, 이번엔 영락없이 콩쥐 팥쥐에 등장하는 팥쥐 어미의 심술궂은 표정이었다. 못생긴 마누라 얼굴 어떻게든 돋보이게 해 보려고 전전긍긍하는 남편을 보니 원망스럽기는커녕 그저 안쓰럽고 미안할 따름이었다.

그러고 보니 벌써 친구 중에는 이미 세상을 떠났거나 중병에 걸려 자리를 보전하고 누워 있는 사람도 있다. 어제 죽은 자들이 그렇게 살고 싶어 했던 오늘이 아닌가. 내가 이렇게 살아 있다는 사실만으로도 천만번 감사해야 하거늘, 이 나이에 그까짓 자웅눈 된 것이 억울하다고 투덜대다니….

요즘 몸과 마음을 치유한다는 힐링(healing) 도서들이 베스트셀러라고 한다. 전문가들은 외모가 아름다워지려면 내면의 세계를 잘 가꿔야 한다고 가르친다.

성형 수술만 부러워할 것이 아니라 이제라도 마음을 고쳐먹고 겸양과 덕행을 쌓으면 지금의 내가 아닌 후덕한 여인의 모습으로 변할 수 있을까.

열 번도 더 고맙습니다

문미경

"또 그 할머니 쫓아가지 마." 딸이 출근하면서 말했다.

"응. 알았어." 얼마 전 할머니를 쫓아다니다가 밤새 앓은 내 체력을 걱정하면서도 애먼 짓 하는 나를 놀리는 말이었다. 나를 챙겨주는 마음이 느껴져서 순순히 그러겠노라고 대답했다.

그 할머니를 다시 만났다. 할머니는 골목 양쪽으로 차들이 세워진 길을 건너려고 했다. 교행하는 차들이 할머니 앞으로 지나갔다. 오른편에서 다가오는 차들이 보이지 않자 할머니가 보행기를 밀었다. 왼편에서 차가 다가오고 있었다. 접촉사고가 일어날 게 뻔한 급박한 순간인데 몸이 굳어 움직이지 않았다.

천만다행으로 할머니는 차를 피해 종종걸음으로 나아갔다. 전보다 더 굽은 것 같은 할머니의 등에서 떨림이 느껴졌다. 파킨슨병을 앓았던 시어머니의 모습이 떠올랐다. 저렇게라도 움직일 수 있는 게 다행이라고 말하기 어려웠다.

할머니를 처음 만난 건 보름 전이었다. 체력이 급속하게 떨어져서 만보 걷기를 시작한 첫날이었다. 예전에 시부모님과 함께 살던 동네를 걸었다. 노후주택들이 헐리고 한 동짜리 아파트가 들어서고 있어서 어수선했다. 붉은 벽돌 굴뚝이 솟아 있는 목욕탕과 그 옆 2층짜리 연립주택에 공사 가림막이 둘러쳐져 있었다. 지금 내 나이쯤이었을 시어머니와 이십 대 중반이었던 나와 아직 유치원에 가지 않은 딸이 다니던 목욕탕이었고 우리 집보다 훨씬 좋아 보이던 연립주택이었다. 모형으로라도 보관하고 싶은 풍경이었다.

퇴근길 정체가 심해지자 골목 안으로 차들이 몰려왔다. 보행이 불편했다. 거기다 배달 오토바이가 불쑥불쑥 튀어나와 위험하기까지 했다. 주차나 도로 사정을 고려하지 않고 아파트만 지어 대면서 아동이나 노인 친화 도시라고 자랑하는 말들이 허무맹랑했다.

앞뒤에서 오는 차들, 골목에서 튀어나오는 오토바이, 길가에 주차한 차들을 피해 걷다가 산책 코스를 공원으로 바꿨다. 어두워지고 있어서 공원 한 바퀴만 돌고 돌아가려고 했다. 그때 길 한중간에 떨어진 뭔가가 보였다. 안경에 김이 서려 잘 보이지 않았지만 모자나 장갑 같은 방한용품 같았다.

저벅저벅 빠른 걸음으로 얼마간 가다가 등 굽은 할머니를 만났다. 허리가 60도쯤 굽었고 보행기를 끌고 있었다. 할머니는 검은 비닐봉지에 담긴 뭔가를 보행기에 가득 싣고 종종걸음으로 걷다가 차들을 피해 멈춰 섰다가 또 나아가기를 반복했다. 그러다가 걸음을 돌려 왔던 방향으로 다시 가기 시작했다. 머리에 하얀 손수건이 덮여 있었다. 지나오면서 본 게 모자 같았다. 마을 길은 할머니도 운전자들도 걸어가는 사람들도 답답하고 불편하고 위험했다.

"할머니, 모자 흘리셨어요?" 할머니가 그렇다고 했다. 모자를 주워 오겠으니 가만히 계시라고 하고 모자가 떨어진 곳으로 갔다. 그 사이 모자가 없어졌으면 어쩌나, 모자 하나 값도 할머니에게는 큰돈일 수 있겠다는 생각이 들자 걸음이 빨라졌다. 모자는 그 자리에 있었다. 길 한중간에 떨어져 있어서 바퀴에 깔리지도 않았다. 모자를 돌려드리고 조심히 가시라고 인사했다.

"고맙습니다. 고맙습니다. 열 번도 더 고맙습니다."

할머니의 인사는 내 걸음을 멈추게 했다. 그깟 친절이 열 번도 더 고마울 일인가. 할머니는 도대체 어디서 어떻게 살고 있는 걸까. 할머니는 보행기로 공병이나 캔을 모으는 것 같았다. 할머니에게 다시 갔다.

"할머니, 어디 사세요? 저 이 마을 사람인데 제가 모셔다 드릴게요. 같이 가요."

할머니는 어서 가던 길 가라며 손사래를 쳤다. 음색은 부드러웠지만 신세 지지 않겠다는 완강함이 있었다. 멀찍이서 할머니를 따라가기로 했다. 패인 길을 보수하느라 볼록하게 솟은 길에서 할머니의 보행기가 주춤거렸다. 할머니를 쫓아갔다. 할머니가 어디 사는지 짐작됐다.

"할머니, 저기 공원 근처 사세요? 저도 거기 살아요. 제가 밀어드릴 테니 같이 가요."

할머니는 어디 산다고 대답하지 않았다. 노인에게 사기 치는 인간들이 많으니 어디 산다고 선뜻 말할 리 없었다. 공원 근처 갈까

무집 아시냐고, 내가 그 집 며느리라고 말하자 할머니는 마지못해 희망촌에 산다고 대답했다. 희망촌을 가려면 급경사인 언덕을 올라간 다음에 왕복 6차선 도로를 건너야 했다. 도저히 할머니 혼자 가게 둘 수 없었다. 그랬지만 할머니는 기어코 혼자 갔다.

할머니가 눈치채지 못하게 뒤따라갔다. 언덕을 오르고 찻길 건너는 것만 보고 돌아갈 생각이었다. 할머니는 마을 길을 잘 알고 있었다. 차량 교행이 뜸한 곳에 이르자 보행기를 세워 두고 한참을 쉬었다. 나는 귤 파는 트럭 뒤에 숨어 할머니를 지켜봤다. 다시 걸음을 뗀 할머니가 공원 근처 편의점 앞에서 멈췄다. 거기서 공병을 팔았다.

언덕길이 보였다. 할머니가 언덕을 오르기 시작하면 달려가서 부축해 드릴 생각이었다. 그런데 한참이 지나도 할머니가 나타나지 않았다. 편의점 안에도 할머니가 없었다. 급경사인 언덕 대신 빙 돌아가는 평지로 간 것 같았다.

집에 돌아와 방바닥이 뜨끈거릴 정도로 보일러를 틀었다. 그래도 한기가 가시지 않고 팔이 얼얼했다. 팔꿈치와 무릎 주변이 저려서 파스를 뿌렸다. 시원하게 풀리라고 서늘할 만큼 뿌렸다. 저리는 증세는 사라졌는데 홧홧함이 몰려왔다. 이불 속에서 불이 나는 것 같았다. 밤새 뒤척거리느라 잠을 설쳤고 이튿날 일정도 취소해야 했다.

할머니를 쫓아갈 때는 몰랐는데 그날 한파주의보가 있었다. 그날 밤 할머니는 잘 주무셨을까. 열 번도 더 고맙다고 인사하지만 않았어도 이렇게 걱정하지는 않았을 텐데.

곧 대통령 선거일이다. 파지나 공병 줍는 노인들을 찾아가는 후보가 있다면 매일 유세장에 나가 춤추는 짓이라도 기꺼이 하겠다.

편견, 그리고 환상

유정자

   '도요새'라는 새가 있다. '저어새'라는 새도 있다. 이름만 들어도 참 멋지다는 생각을 했었다. 어떤 새일까 무척 궁금했었는데 어느 날 우연히 저어새를 보게 되었다.

   그때까지 나는 '저어'라는 말에 너무 특별한 의미를 가졌던 것 같다. 주걱처럼 생긴 부리로 물속을 마구 휘저으며 먹이를 잡는 새여서 저어새라는 이름이 붙었다는 말을 듣고 얼마나 실망하고 어이가 없었던지. 나는 '저어'라는 말에서 '염려'라는 의미보다 왠지 훨씬 깊은 뜻을 품고 있는 예스러움과 우아함 같은 것을 은연중 기대했던 것이 아닐까. 이를테면 "마마, 그리될까 저어되옵니다."라는 식의 사극 속에 나올 법한 아주 기품 있는 대사 같은 것을 상상했는지도 모르겠다.

   그런데 세상에 주걱이라니, 입이 주걱처럼 생겨서 주걱처럼 물속을 젓고 다녀서 저어새라니 뒤통수를 얻어맞은 것처럼 허탈하기까지 했다. 도요새도 마찬가지다. 이름에서 풍겨지는 고고한 느낌과는 전혀 상관없이 그 새는 그저 수많은 다른 새와 별반 다를 게 없는 평범한 모습을 하고 있었다.

이는 바로 이름에서 비롯된 이미지 같은 것이 분명할 터…. 이름이 멋지고 품격이 있으면 그 대상도 멋지고 아름다울 거라는 생각, 이름이 촌스러우면 사람도 촌스러울 거라는 생각 말이다. 그래서 나는 촌스러운 내 이름을 싫어하는지도 모르겠다. 도무지 품격이라곤 느껴지지 않는 내 이름이 너무 싫어 개명을 생각한 적도 있다. 그러기엔 복잡한 일이 한두 가지가 아니라서 결국 포기를 하고 말았지만…. 아무튼 이미지는 그렇듯 여지없이 깨어질 수도 있다는 걸 나는 그 두 새에게서 경험했다.

어쩌면 이미지는 선입견을 낳고 선입견은 편견을 낳는다는 생각이 든다. 모 방송국에 복면을 쓰고 노래를 부르는 프로가 있다. 편견을 버리고 오직 목소리와 노래 실력만을 가지고 평가하라는 사회자의 시작 멘트가 참 마음에 와 닿는다. 누구인지를 맞추는 건 덤이다. 누구인지 전혀 모르는 상태에서 복면을 벗었을 때 느껴지는 놀라움과 짜릿함이 좋아 즐겨 보고 있다. 그 프로에 등장하는 사람들을 보면 가수가 주를 이루지만, 그밖에 배우 코미디언 운동선수 아나운서 등등 다양한 직업군으로 대부분 이름이 알려진 사람들이다. 그런데 절대음감이랄까 놀라운 청력을 가진 사람들은 목소리만 듣고도 그가 누구인지를 맞춘다. 유독 독특한 음성을 가진 사람을 맞춘 적이 나도 한두 번은 있다. 그러나 짐작조차 할 수 없는 경우가 대부분이다. 재미있는 것은 복면을 쓰고 노래를 부를 때 목소리가 너무 좋아 잘 생겼겠다, 참 예쁘겠다 생각했는데 복면을 벗었을 때 느껴지는 전혀 다른 느낌, 바로 그 느낌이 그 프로의 백미라고 할 수 있다. 그건 바로 예상이 깨어질 때 느끼는 놀라움이기도 하고, 음성이 좋으면 얼굴도 잘생겼을 거라는 생각, 노래를 잘하면 사람도 멋질 거라는 선입견이 깨어지는 통쾌함이기도 하다.

오래전 방송에서 한 연예인을 보고 선입견을 가졌던 적이 있다. 그때 그 남자는 자주색 양복을 입고 있었는데 옷 색깔도 마음에 안 들고 얼굴도 느끼하다는 생각에 저 남자는 분명 호색적일 거라는 지레짐작으로 꽤 오랫동안 좋지 않은 감정을 품었었다. 생각해 보면 참으로 말도 안 되는 적대감이었다. 어느 날 그가 토크쇼에 출연하여 오랜 무명 시절의 서러움을 이야기하며 눈물을 펑펑 쏟는 모습을 보는 순간 그 말도 안 되는 비호감이 눈 녹듯 사라지고 괜히 미안한 마음마저 들었다. 그 눈물에서 느껴지던 진솔함이 감동이 되고 호감으로 변하여 지금까지 계속되고 있으니, 이래서 선입견은 편견을 낳고 그 편견은 타인에게 저지르는 죄악이 될 수도 있겠다는 생각까지 드는 것이다.

편견은 타인에게 상처를 줄 수도 있고 자신에게는 독이 될 수도 있으니 반드시 버려야 할 나쁜 것임에 틀림없다. 하지만 아직도 나는 순간순간 편견으로 인한 착각을 하며 산다. 인상이 험한 사람을 보면 성격이 거칠 거라고 단정하고 얼굴이 선하게 생긴 사람은 분명 마음씨도 착할 거라고 믿는다. 나는 자신이 세상을 살아가는 데 있어 슬기롭고 현명해지기를 바라지만 종종 어리석은 편견에 빠지니 이는 혹시 환상이라는 덫에 걸린 때문이 아닐까. 그러고 보니 아직도 나는 도요새와 저어새의 환상에서 벗어나지 못하고 있음이 분명하다.

고향에서 땅을 찾아

이택룡

아침 일곱 시, 전화벨이 울렸다. 나는 비몽사몽으로 전화기를 들었다. 고향 후배였다. 대뜸, 저수지 안쪽에 땅이 있느냐고 해서 그렇다고 하니 한번 만났으면 하기에, 며칠 후에 만나 그 땅의 활용도에 대해서 이런저런 의견을 나누었다.

먼저, 그 토지의 지번과 평수를 정확히 알기 위해 시청 민원실에서 확인해 보았지만 찾기가 좀처럼 쉽지 않았다. 다음날 막내딸과 재차 시청을 들른 후 오랜만에 고향 선산에 들러 조상님 묘소 앞에서 절을 올리려니 송구스러운 마음이 들어 울컥 눈물이 솟구쳤다.

이튿날 오전 그 땅을 답사하는 데 동행해 주기로 약속한 친구와 만나기로 했다. 아침 일찍 대화역에서 960번 버스를 타고, 약 한 시간 만에 약속한 고향 마을 입구인 무내미고개에서 내렸다. 이 고개는 내가 초등학교 6년 동안을 걸어서 다닌 추억이 어린 곳이다. 겨울이면 저 멀리 임진강에서 몰아치는 바닷바람에 손발이 얼어 발을 동동 구르며 학교까지 시오리 길을 걸어서 다녔다.

나는 김포의 명산인 문수산성(文殊山城) 정기를 받고 태어났다고 자랑스럽게 생각하며 늘 자긍심을 가지고 살았다. 문수산성은 언제나 나의 이상과 꿈을 실현시켜 줄 것만 같은 마음을 갖게 했다. 산성의 높이가 376미터나 되며 조선 시대 숙종 임금 때 축성되었으며, 1866년 병인양요 때 프랑스군이 점령한 치욕의 역사를 겪은 산이기도 하다. 이곳 무내미고개에서 애국선열들이 태극기를 들고 3·1독립 만세를 외치던 그날의 모습이 생생하게 용솟음친다.

친구와 만나기로 약속한 시간이 30분이나 지났는데도 오지 않아 초조하게 기다리고 있는데, 뜻밖에 고향 선배를 만났다. 그분은 3·1독립운동기념사업회 지역 회장으로서 기념식에 참석하기 위해 그곳에 왔다고 했다. 그러고 보니 만날 사람은 언제 만나도 만나게 된다고 누가 말했던가.

무내미고개에서 동행하기로 약속한 친구가 와서, 땅이 있는 곳으로 콧노래까지 부르며 갔다. 그리고 그 땅의 면모를 두루 살펴보니 감개무량할 뿐 아니라, 땅의 가치와 소중함을 그때만큼 절실하게 느껴 본 적이 없었다.

면사무소에 들러 토지대장 등본을 교부 받았다. 지목이 구거이고 평수가 450평방미터 약 1,500평으로, 1965년 6월 30일자로 나의 명의로 등재돼 있음을 확인할 수 있었다. 이 땅의 위치가 이씨 집안 종중 시제 답의 인근에 있고, 또한 등기한 날도 시제 답과 같은 날인 점을 미루어 볼 때, 아버지께서 훗날 자식이 잘살 수 있게 이 땅을 마련해 두신 것이 분명했다.

아버지는 무학이지만 부지런하고 성실한 분이셨다. '부지런하면

잘살 수 있다.'는 것을 강조한 아버지는 수만 평의 전담을 보유하시게 되었고, 그 지역에서는 자수성가한 분으로 알려진 부자였다. 20여 년 동안 마을의 이장 일을 맡아 지역 주민을 위해서도 봉사하셨다. 그 옛날 공직자가 처음 부임하면 먼저 부친께 인사를 드렸다. 그리고 공직자들이 우리 마을로 출장을 올 때는 점심 대접은 자연히 어머니 몫이 되었다. 그러니 어머니의 손을 마를 날이 없었다.

아버지는 5형제나 되는 자식들을 모두 인천과 서울로 유학시키고, 많은 땅을 하나둘씩 팔아 자식 교육비로 투자를 하셨다. 그러셨으면서도 이 자식을 위해 이처럼 일찍이 땅을 마련해 두신 그 크신 은혜와 사랑을 생각하니 가슴이 벅차올랐다. 아버님, 사랑합니다. 부디 하느님 나라에서 영원한 안식을 누리시길 기도드리나이다.

짚신

황동기

　얼마 전, 명륜동에 있는 '짚풀생활사박물관'을 찾았다. 볏짚과 들풀로 만든 멍석, 가마니, 소쿠리 등은 농촌 태생인 나에게는 모두 향수 어린 것들이었다. 그중에 유리관 속에 진열된 짚신이 내 발걸음을 멈추게 하면서 지난날로 나를 이끌었다. 까마득히 먼 유년 시절, 아침에 일어나 창문을 열고 토방에 나서면 외로이 밤을 지새우고 반가운 얼굴로 나를 맞이하던 그 짚신의 모습을 아련히 떠오르게 하는 것이었다.

　짚신이 세상에 처음 등장한 것은 고대 마한(馬韓) 시대였다고 한다. 그 후 삼국 시대와 고려, 조선 시대를 거쳐 내 유년기까지 꼭 한 가지 모양으로 사천 년을 이어져 왔으니 얼마나 경이로운가.

　짚신은 오늘날의 신발에 비해 수명이 짧다는 것 외에는 장점을 많이 지니고 있다. 첫째, 가볍고 신기에 편하니 먼 길을 걸어도 피로하지 않고 발이 시리지 않으며, 여름철엔 통기가 좋아 땀이 나지 않는다. 그러니 선비들이 과거를 보러 한양 천 리 먼 길을 걸어갈 때에도 괴나리봇짐에 짚신 몇 켤레씩은 꼭 매달고 갔다.

짚신에는 만드는 재료에 따라 고운 짚신, 엄 짚신, 왕골 짚신, 부들 짚신, 미투리 등이 있다. 왕골이나 삼 껍질 등을 볏짚과 섞어 만든 미투리는 값이 비쌌기 때문에 나는 본 적은 있지만 신어 보지는 못했다.

짚신은 아무 볏짚이나 사용해 만드는 것은 아니다. 추수가 끝난 가을철, 비옥한 땅에서 늘씬하고 깨끗하게 잘 자란 것만을 골라 연한 잎은 잘라 내고 줄기만을 잘 추려서 한 묶음씩 묶어 통기 좋은 그늘에 며칠씩 매달아 말린다.

짚신을 삼는 방법은 짚으로 새끼를 한 발쯤 꼬아 네 줄로 날을 하고, 짚으로 엮어 발바닥 크기로 하여 바닥을 삼고, 양쪽 가장자리에 짚을 꼬아 총을 만들고 뒤는 날을 하나로 모으고, 다시 두 줄로 새끼를 꼬아 짚으로 감아올려 울을 하고, 가는 새끼로 총을 꿰어 두르면 신기에 알맞은 짚신이 된다. 이렇게 정성을 다하여 만드니, 짚신은 단순한 가공품이라기보다 하나의 예술품이라고 해도 지나친 말이 아니다.

설이 가까워 오면 주문하는 사람이 많기 때문에 미리 부탁을 해 놓아야 한다. 그믐날 저녁은 일찍 밥을 먹고 짚신을 삼는 아저씨에게 가서 곁에 쪼그리고 앉아 오랜 시간 기다렸다가 신을 찾아 집에 오면 한밤중이 되기도 했다.

설날 아침, 떡국을 먹고 새 옷에 새 짚신을 신고 친구들과 동리 어른들에게 세배를 하러 대문간을 나서는 기분, 마루에 서서 그런 막내둥이의 뒷모습을 바라보는 어머니의 마음, 모두가 너무도 행복했었다. 그래서 이날은 우리에게 일 년 중 가장 기쁜 날이었다.

그처럼 우리와 인연이 깊었던 짚신이지만 어느 날 갑자기 몰려온 고무신과 운동화에 밀려나고 말았으니…. 나는 초등학교에 들어가 학교에서 운동화를 배급받아 신으면서 짚신과 영영 이별을 해야만 했다.

오늘날은 날만 새면 가지가지 모양의 신발들이 쏟아져 나오는 것 같다. 짚신이 우리 곁에서 떠난 지 겨우 칠십 년에 불과한데, 수많은 재질과 모양, 기능에 맞게 만들어져 나오는 신발들을 보면서 어느 것을 사서 신어야 할지 행복한 고민에 빠질 때가 있다.

요즘 나는 여러 종류의 신발이 있지만 몇 해 전부터는 단골 기원(棋院) 원장의 권으로 바닥이 자동차 바퀴 같은 운동화만을 신고 다닌다. 그 신을 신으면 미끄러질 염려는 없지만, 무겁고 발에 땀이 나는 것이 흠이다. 단점은 있지만, 땀도 덜 나던 그 짚신이 새삼 그리워질 때가 있다. 그러나 세월의 흐름과 변화를 누가 막을 수 있겠는가. 짚신도 추억으로 되돌아보는 그리움의 대상이 되었을 뿐이다.

그날

이계석

흔히 말하는 보통 사람도 평생 동안 잊지 못할 그날이 있다.

그들은 평범한 일상을 이웃들과 거의 비슷하게 살아간다. 그런 변함없어 보이는 삶도 그들 나름대로 유의미한 날은 있다. 그런 날은 제삼자가 볼 때 무심하게 보여도, 계기가 되면 숨어 있던 속마음이 밖으로 표출한다.

만약 첫사랑을 하던 지난 일들을 소설의 주인공이나 된 듯 상상하다 헤어졌다면 미련은 추억으로 남아 있게 된다. 반대로 한쪽이 동기가 불순한 목적을 고의(故意)로 숨겨 전개된 일이라면 마음속 아픈 상처는 쓰라린 경험이 된다.

1980년 5월 18일 그날은 일요일. 그날의 아픈 상실이 내 마음의 심연(深淵)에 음영으로 남아 있다. 그날 우리 가족은 나들이를 갔다. 당시는 비포장도로가 많아 완행버스를 타고 읍으로, 다시 버스를 바꿔 타 광주에 도착, 사직동물원* 가는 택시를 탔다. 큰애는 초등학교 1학년, 둘째가 네 살이었다. 공원에 도착하자 때맞추는 배꼽시계의 신호에 못 이겨 너른 잔디밭에서 준비해 온 음식을 먹었다. 요즘은 이런 일들을 현장에서 신용카드나 돈으로 해결하시만, 그 시절엔 어렵게 살던 때라 한 푼이라도 저축하고 아끼려 했다. 애들이 처음 보는 동물이라 신기한지 되묻고 또 물었다. 부처님 오신 초파일이 가까워 공원 옆 절 마당의 전깃줄에 걸어 놓은 복 짓는 오색 연등들이 아름다웠다. 여러 곳을 구경해 집에 갈 시간이어도 애들이 더 놀다 가자고 성화다. 그런데 터미널로 가는 택시 기사는 대학생 시위로 군경들과 대치해 큰길은 막혀 갈 수 없단다. 멀리서 함성, 폭음 소리도 들렸다. 여러 길을 돌아가 시간을 허비했다. 터미널 안팎은 왁자지껄한 사람들로 북새통을 이루었다. 잠시 후 어떤 사람이 헐레벌떡 뛰어오더니 도청 앞 금남로가 난리라며 "젊은 청년들은 빨리 도망가! 숨어!" 소리쳤다. 매표원이 함평버스는 이미 떠나 오후 6시 막차도 장담할 수 없단다. 무료함을 달래려고 밖을 나왔다. 밖은 "계엄 철폐! 독재 타도"를 외치는 시위 소리가 점점 크게 들려 대합실로 들어갔다. 잠시 후 회백색 연기와 매캐한 냄새로 사람들이 너나없이 기침을 했다. 쉼 없는 기침에 목구멍이 불붙듯 따갑고 눈물, 콧물이 비 오듯이 쏟아져 견딜 수 없었다. 군부대가 대합실에도 최루탄을 쏜 것이다. 최루탄은 공포였다. 그곳은 삽시간에 아수라장으로 변했다. 영문을 몰라 큰애가 울고, 엄마 등에서 세상모르고 자던 둘째도 울었다. 밖은 총검과 곤봉을 든 군인들 몇몇이 공포탄을 쏘며 도망가는 학생들을 쫓아가고 있었다. 시위대와 군인이 사라지고 땅거미가 내려올 무렵까지 지루한 기다림에 학동 이모네 집으로 갈까, 늦더라도 함평으로 갈까를 망설이다 막차 표를 샀다. 만약 그날, 갈등

하던 두 갈래 길에서 잘못 판단했다면 가족의 운명이 어떻게 달라졌을지…. 나중에 안 사실이지만 5·17 신군부는 그날 밤중에 전국비상계엄령을 내렸다. 충격으로 학생 사망 소식이 알려진 19일부터 성난 시민들까지 합세한 시위는 걷잡을 수 없이 확산되었다. 긴급히 파견된 공수부대원들은 시위에 합세한 민간인들도 닥치는 대로 무차별 사격을 해 수백여 명이 넘는 사람이 죽고 부상당했다.

우리가 탄 막차에서도 버스 뒷좌석 아래 숨은 청년을 불문곡직, 욕설에 곤봉으로 때리며 끌고 갔다. 작은 정류소도 총검을 지닌 군경이 검문 검색하며 모든 차량을 통제했다. 공수부대는 광주 일원을 장악해 5월 18일 밤부터 27일까지 10일간 마치 점령군처럼 만행을 저질렀다. 언론은 물론, 도시의 핏줄과 다름없는 교통, 신경과 같은 통신이 사라져 버린 것이다. 신군부가 계엄령을 핑계로 이런 일을 저질러도 광주 밖 국민들은 아무도 몰랐다. 농촌은 별나라 세상처럼 평온했다. 19일 아침 학교에 갔다. 전 직원이 열 명인데 광주에 가족이 사는 30대 L 교사와 회갑이 지난 Y 교사 두 사람이 출근하지 않았다. M 군에서 통근하는 오 교장은 신문 아닌 5월 17일자 구문(舊聞)을 보며 직원들이 다 들으라는 듯 "김대중이 빨갱이, 간첩이구만." 하고 큰소리로 말했다. 내가 "무슨 말도 안 되는 소립니까." 하자 "저 사람 큰일 낼 사람이네. 여길 좀 봐. 이렇게 신문에 났지 않은가." 거기에 신군부가 5·17 쿠데타 전날, 야당 정치 지도자 3김(김영삼, 김대중, 김종필)의 체포 사진과 그 행적을 대서특필로 보도했다.

1면에 긴급 체포로 포승줄에 묶인 김내중 사진과 총, 실단, 인쇄물 등을 보도했다. 뉴스마다 다른 일상들만 보도하고 광주만 교통, 모든 통신이 불통이라 소식을 알 수 없었다. 2주가 지난 후, 두 사람은 백여 리 길을 걸어서 학교에 왔다. 그날 이후 4년이 지나 1984년 3월 우리 부부는 경기도 파주로 전근했다. 학교 유리창 너머 산등성이로 삼팔선 경계가 분단의 상처를 말해 주는 듯 보였다. 이듬해 12월, 북한이 만든 금강산댐 수문을 열면 서울에서 가장 높은 6·3빌딩이 잠기고 수도 서울이 물바다가 된다며 방방곡곡에서 김일성 화형식과 북한 규탄 궐기 대회를 했다. 학교마다 고사리손으로 모금한 성금(?)도 보냈다.

아픔은 있으나 멈춤이 없음이 덧없는 세월이다. 40여 년의 세월이 흐른 2021년 11월, 국민을 학살하고 인권을 유린하여 부정부패로 얼룩진, 사과할 줄 모르던 이도 한 줌의 재로 변해 사라졌다.

불교의 진리는 누구이건 현생에 지은 죄업에 따른 인과응보(因果應報)로, 죽은 후에 동물로 환생하는 축생보(畜生報)라는 벌을 받는다 한다. 그의 저승길은 어찌 되었는지….

*사직동물원: 광주시 남구에서 1994년 5월 4일 북구로 옮겨 현재 우치동 물원으로 바뀜.

샛별

이상수

잠자리에서 일어나자마자 커튼을 열어젖힌다. 어둠 가운데 나에게 조용하게 인사하는 이가 있다. 샛별이다. 이름만큼이나 새롭고 나를 향하여 반짝이는 모습이 반갑기 그지없다. 하루 종일 잊고 있다가 기상 시간에 맞춰 나를 반기고 있다니 얼마나 고마운 일인가. 한참 동안 샛별을 바라보다 이내 나의 일상으로 돌아온다.

옛날 농경사회에서는 샛별에 대하여 모르는 사람이 없을 만큼 사람들과 샛별은 친숙한 사이가 되었다. 나도 샛별을 보면서 일어나 들에 나가 소 꼴을 한 망태기 뜯어 놓고 학교에 다니던 어린 시절이 있었다. 조금만 게으름을 피우면 학교에 지각할 수도 있어 서두르지 않으면 안 되었다. 그러나 중학교에 진학하면서 광주로, 그 다음에는 서울로 삶터를 옮겨 가면서 샛별과의 만남은 계속 이어지지 못했다. 얼마 전에야 우연히 다시 만날 수 있었으니 왜 반갑지 않았겠는가. 그동안 나는 소년에서 초로(初老)의 모습으로 변하였지만 샛별은 반세기가 훨씬 지나도록 그 모습 그대로 그 자리에 떠 있다.

샛별은 새벽녘에 동쪽 하늘에 반짝이는 금성(金星)을 말한다. 해 질 녘에 보이는 금성을 '개밥바라기' 또는 태백성(太白星)이라고 부르며, 새벽하늘에 보일 때는 '샛별'이라고 부른다. '새벽의 별' 또는 '새로 난 별'이라는 의미를 줄인 말이라고 한다. 새벽녘에 뜨는 금성을 '명성(明星)', 또는 '계명성(鷄鳴聲)'이라고 하며 평안북도에서는 '모제기'라고도 부른다. 샛별은 왜 이처럼 여러 가지 이름으로 불리게 되었을까. 그 이유는 이 별이 우리의 일상생활과 밀접하게 관련되어 있기 때문이다. 어두울 때에 그 밝은 빛은 사람들에게 방향을 제시하는 길잡이가 되어 주었고 살림살이가 어려웠던 옛날 사람들은 새벽에 샛별을 보면서 일터에 나가거나, 해 진 뒤에 개밥바라기의 붉은 빛을 바라보며 일터에서 돌아올 정도로 열심히 일을 해야만 겨우 생계를 꾸릴 수 있었다. 사람들의 고달픈 세상살이에 대한 한탄과 시름은 애꿎은 샛별과 개밥바라기의 처연한 빛 속으로 녹아들었던 것은 아니었을까.

그리스인들은 샛별을 행성 중에서 가장 아름답다고 생각한 까닭에 미(美)의 여신의 이름인 아프로디테라고 불렀으며, 로마인들은 비너스(Venus)라고 불렀다. 이것은 밤하늘에서 샛별이 매우 밝고 아름답게 보였기 때문일 것이다. 샛별은 태양으로부터 약 1억 8백 20만 킬로미터 떨어진 지점에 위치하고 있어 수성 다음으로 태양에서 가까운 행성이다. 그래서 샛별은 지구에서 바라볼 때 태양으로부터 47도 이상 떨어진 적이 없어 수성과 마찬가지로 저녁 무렵(태양의 동쪽에 있을 때) 서쪽 하늘에 잠깐 동안 모습을 드러냈다가 곧 사라지는 '저녁별'이 된다. 그리고 태양 궤도의 반대편, 해뜨기 전(태양의 서쪽에 있을 때)에 동쪽 하늘에 얼굴을 내밀자마자 태양의 강한 빛으로 인해 곧 자취를 감추어 버리곤 한다. 이때에 금성은 '새벽별'이 된다.

샛별은 태양보다 지구에 더 가까운 행성이다. 지구와 샛별이 가장 가까이 다가설 때의 거리는 4천만 킬로미터를 넘기지 않는다. 달을 제외하고는 지구에 가장 가깝게 접근하는 천체이기도 하다. 천문학자들은 한때 샛별을 지구의 쌍둥이라고 주장하여 우리에게 친근감을 주기도 했다. 샛별은 지구에 가까이 있을 뿐 아니라 지구와 거의 비슷할 정도로 크기 때문에 더욱 밝게 보인다.

이러한 샛별은 사람들이 이해하기 어려운 몇 가지 현상들을 보여 주고 있다. 첫째는 샛별의 자전주기가 243일이며 공전주기는 이보다 19일이 짧은 224일이다. 이는 샛별에서의 하루(1일)가 1년보다 더 길다는 의미이다. 또 다른 하나는 샛별은 자전하고 있는 방향이 다른 행성들과는 반대라는 사실이다. 지구의 북극에서 볼 때 거의 모든 행성이 시계 반대 방향으로 자전하고 있는데 샛별은 시계 방향으로 자전하고 있다. 그래서 샛별에서는 서쪽에서 해가 떠서 동쪽으로 지는 모습을 볼 수 있다.

이처럼 샛별에 대해 알면 알수록 나에게 친근하게 다가오니 반가운 친구가 아닐 수 없다. 나이가 들수록 친구가 멀어져 가고, 사라져 가는 상황에서 샛별이 새 친구가 되어 돌아왔으니 요즈음 나는 새 친구를 만나는 재미가 쏠쏠하다.

제주에 있는 많은 오름 가운데 샛별 오름이 있다. 샛별 오름은 높이가 519미터로 높지 않지만 이른 아침에 이 오름을 찾으면 샛별을 만난다고 하여 붙여진 이름이다. 예쁘면서도 외로운 이름을 지닌 이 오름은 가는 길이 조금은 쓸쓸하지만 일단 오름으로 올라서면 보드라운 억새가 등산객들의 발걸음을 반겨 준다고 하니 언젠가 꼭 올라가 보고 싶다. 조금이라도 더 가까운 곳에서 나의 새 친구를 만나고 싶은 마음 간절하다. 왜냐하면 내가 세상을 사는 마지막 날까지 샛별은 나의 좋은 친구가 되어 줄 것을 믿기 때문이다. 아니 사후(死後)에도 영원한 나의 친구로 남아 있지 않을까.

첩첩산중

정순교

찌 올림이 환상적이다. 어둠 속에 연둣빛 케미가 멈추는 듯 서서히 치솟아 오른다. 챔질 때를 가름하다 낚싯대 손잡이를 살며시 그러나 재빠르게 잡아챈다. '팽!' 낚싯줄에서 가야금 소리가 난다. '월척이다!' 어느새 일어서서 물속에서 요동치는 대물 손맛을 만끽한다. 수초 속으로 도망치지 못하게 하고 옆 낚싯대와의 엉킴을 피하기 위해 이리저리 힘을 쓰며 가까이로 끌어온다. 이제 놈의 코를 수면에 내밀게 하여 힘을 뺄 시기다. 마지막 저항이 만만치 않다. '아뿔싸!' 낚싯대가 출렁하며 터져 버렸다. 오른쪽 어깨 위에 놓여 있던 왼팔이 툭 떨어지며 꿈에서 깨어났다.

어린 시절 소풍이나 명절 전날 기대에 부풀어 꿈을 꾸곤 했었다. 그러면 어머니는 "개꿈이구나." 하고 웃으시곤 하셨다. 그런 옛 생각이 떠올라 멋쩍어 하면서도 은근한 기대감을 가지고 잠자리에서 일어났다. 아내의 새벽잠을 깨우지 않으려는 고양이 걸음은 기본이다. 살금살금 준비물을 챙긴 후 이른 시간 막힘없이 시내를 벗어났다. 고속도로에 들어서며 속도감과 운전의 즐거움에 기분까지 상쾌해진다. 중부내륙고속도로를 거쳐 지방 국도로 접어들었다. 희끗거리던 안개가 점점 농도를 더해 간다. 충북 음성에 가까워지자 십 미터 앞이 안 보일 정도로 짙은 안개에 휩싸였다.

오리무중이 아니라 몇 십 리가 무중이다. 이정표와 그 전에 다녔던 기억을 더듬으며 황소걸음일 수밖에 없다.

마지막 언덕을 넘어 안도의 숨을 내쉬며 내려다보니 '이게 무슨 변고란 말인가.' 물안개에 뒤덮여 저수지가 보이지도 않는다. 높은 산 정상에서 내려다보는 구름바다와 어찌 이리 같을 수 있는지. 엉금엉금 기듯이 늘 가던 자리에 도착했다. 언덕 위에서 본 것과 별 차이 없이 일 미터 앞이 안 보일 지경이라 도저히 낚싯대를 펼 수 없는 상태다. 겹겹이 둘러싸인 첩첩산중(疊疊山中)이란 이런 난감함인가. 할 수 없이 일의 순서를 바꿔 주위를 정리하고 아침 요기를 앞당겼다.

햇살이 퍼지자 언제였나 싶게 물안개는 자취를 감춰 버렸다. 잔물결이 살랑이고 물빛의 흐림 상태는 낚시하기에 더할 나위 없이 좋다. 금방이라도 입질이 올 것 같은 분위기다. 열 길 물속은 알아도 한 길 사람 속은 모른다는 옛말이 있다. 그것은 깊이를 두고 하는 말이지, 보이지 않는 한 길 물속에서 물고기들이 다니는 오솔길을 어찌 알 수 있으랴. 이른 아침 먹잇감을 찾아 헤매던 물속 손님들의 나들이는 끝나 버린 모양이다. 친구들이 낚시꾼이라 불러 대면 '난 어부가 아니야.' 하고 큰소리치지만, 낚시터에 오면 월척의 손맛을 보려는 욕심은 숨길 수 없는 진실이다.

아직 한여름은 아니지만 중천의 햇살은 따가웠다. 비닐 자리와 막걸리 한 병을 들고 뒤편의 나무 그늘로 자리를 옮겼다. 만고에 편한 자세로 누워서 먼 하늘을 바라보니 흰 구름이 한 폭의 예술 작품이다. 어린아이가 엄마 품에 안긴 모양이다. 점점 어른이 되고 어느새 긴 수염의 노인인가 싶더니 그마저 사라져 버린다. 모든 것이 흘러가고 변하니 이것이 삶의 현실이고 자연의 섭리가 아니겠는가.

안개든 물안개든 시간이 지나면 걷히기 마련이고 첩첩산중의 장막도 헤쳐 나갈 길이 있기 마련인 듯하다. 한참 젊은 시절 친구들과 어울려 지리산 종주를 한 적이 있었다. 노고단에서 팔십 리가 넘는 저 멀리 천왕봉을 바라볼 때 첩첩산중이라고 느껴지지가 않았다. 봉우리들이 악산이 아니고 뭉근 육산이었기 때문일 것이다. 거기에 천오백 미터가 넘는 노고단 앞에서 고만고만한 높이로 키재기를 하고 있으니 만만하게 느껴졌으리라. 오히려 산길을 걸으며 중간의 영신봉, 촛대봉, 제석봉, 중봉들이 앞을 막아설 때 더 힘이 들었다. 헉헉거리며 봉우리에 오르면 깊은 계곡과 더 높은 앞의 봉우리가 난관에 봉착했다는 좌절감에 빠지게 했기 때문이다.

해가 서편으로 기울어 다시 낚시터에 자리를 잡았다. 언제 왔는지 조금 옆쪽에 한 분이 낚시를 한다. 연세가 지긋하신 노인분이다. 낚싯대는 한 대만 차려 놓았다. 입질이 온 후 챔질을 할 때 낚싯대에서 '삑삑' 소리가 요란하다. 자세히 보니 신소재의 플라스틱이 아니고 마디마디 손으로 끼워야 하는 대나무 낚싯대였기 때문이었다. 호기심에 끌려 관심을 기울이니 살림망도 없이 다시 돌려보내는 것이 아닌가.

위수의 강태공은 천하를 품기 위해 세월의 낚시를 하지 않았던가. 저 노인은 무엇 때문에 낚시를 하는 것일까. 무심히 바라보며 수묵화의 한 폭을 보는 듯한 감상에 빠져들었다. 시간의 멈춤. 자연과 일체가 된 노인이 오랜 세월 거기에 붙박이로 있었던 것처럼. 몇 마리 낚았던 물고기들을 다시 돌려보냈다. 잠시나마 공포와 부자유스러운 살림망 속에 가둬 놓았던 점을 미안해하며….

돌려받은 1달러

박성우

여행 상품을 소개하는 문자가 왔다. 광고 문자임에도 짜증스럽지 않다. 오히려 코로나 팬데믹으로 어려운 여건에도 여행사가 계속 영업하고 있다니 반갑다. 여행의 설렘에 여권을 꺼내 보았다. 1달러 지폐 한 장이 떨어진다. 이걸 왜 여권에 끼워 뒀을까. 순간 메콩강을 온통 진한 핏빛으로 물들이며 지던 해와 맹그로브 숲이 떠올랐다. 민망함에 붉어진 내 얼굴도.

수년 동안 앙코르와트를 다녀올 수 있는 기회가 여러 번 있었지만 망설이고 있었다. 캄보디아는 구걸하는 사람이 많고, 공무원들의 부정부패가 심하다는 말을 많이 들어서였다. 다녀온 지인들에게 그곳 사람들이 순수하지 않다는 이야기를 듣고 선뜻 떠나지 못했다.

그러다 그해 겨울 앙코르와트 유적지가 훼손되어 간다는 기사를 보고, 더 이상 미루면 안 될 것 같아서 2박 3일 짧은 여행 일정을 잡았다. 캄보디아 입국 비자는 공항에서 여권과 증명사진과 30달러를 내고 신청해야 한다. 비자 발급까지 대기 시간은 생각보다 길지 않았다. 관광객들로 늘 붐비는 앙코르와트 공항에는 10명 성노의 공무원들이 나와 비자 신청을 받고 있었는데 무뚝뚝한 표정과 강압적인 태도로 관광객들을 대했다. 심지어 비자를 빨리 발급받으려면 뇌물로 1달러를 더 주는 것이 관행이라고 했다. 세상에 자국의 얼굴인 공항에서 외국인들에게 뇌물을 요구하는 공무원이 있다니.

공항에서 받은 찜찜한 기분을 털어 버리려 다음날 바로 앙코르와트 사원을 보러 갔다. 과연 명불허전이었다. 사원의 건축 양식은 인도, 중국 건축의 영향을 받았지만, 이 지역 고유의 건축 형태가 배합되어 독특했다. 부조의 정교함과 화려함이 눈을 사로잡았다. 하지만 가장 인상 깊게 본 것은 벵골 보리수나무였다. 그 뿌리가 사원을 파고들어 자라나는데 크기가 어마어마했다. 자연이 인공물을 압도하는 장면을 보면서 외경심에 숙연한 기분마저 들었다. 벵골 보리수나무뿐이 아니라 그곳에서 본 모든 식물에서 원초적 생명력을 느꼈다. 야자나무, 대형 꽃기린, 수반, 수련…, 이름을 알수 없는 무수한 식물들의 잎은 자연의 생기를 그대로 품고 있었다. 그 싱그러운 초록색을 볼 수 있다는 것만으로도 캄보디아는 언제든 다시 오고 싶을 만큼 매력적인 곳이다.

이와 달리 뙤약볕에 아기를 아무렇게나 안고 있다가 관광객이 지나가며 불쑥 내밀며 구걸하는 여자들이 거슬렸다. 이들은 구걸하려고 가난한 집 아기들을 부모에게 푼돈을 주고 사 오고, 공무원들은 돈을 받고 이를 묵인하고 있다고 가이드가 말했다. 가난과 착

취에 무방비로 노출된 아기들을 보고 있자니 한낮의 무더위가 숨막히게 느껴졌다.

돌아오는 날 메콩강 하류 지점인 톤레샵 호수로 수상 가옥과 맹그로브 숲을 보러 갔다. 모터보트를 타고 들어가 쪽배를 타고 둘러보는 관광 코스였다. 일행과 모터보트를 탔을 때, 나는 무심코 어깨에 손을 올렸다. 그러자 뱃고물에 앉아 있던 캄보디아 아이가 얼른 달려와 내 어깨를 주물렀다. 순간 당황스러운 감정이 확 올라왔다. 하지만 예닐곱 살쯤 되어 보이는 가냘픈 아이를 매몰차게 쫓아버릴 수 없어 불편한 심정으로 잠깐 그대로 있다가, 1달러를 주면서 그만하라는 몸짓을 했다. 아이는 익숙하게 돈을 챙기고, 내 앞자리에 앉았다. 그리곤 더 이상 다른 사람들을 신경 쓰지 않고 황토색 강물만 바라보았다.

얼마 후 가려워서인지 아이가 손을 자기 등으로 가져갔다. 나는 장난삼아 그 애가 했던 것처럼 아이의 등을 두들겨 줬다. 아이는 안절부절못했지만 뿌리치지 않고 잠시 그대로 있다가 방금 내가 준 1달러를 불쑥 내미는 게 아닌가. 나는 예상치도 못 했던 그 아이의 행동에 깜짝 놀라 받지 않겠다고 손을 흔들었다. 그러나 계속 내밀고 있었다. 나는 순수함과 자존심을 보여 준 아이에게 부끄러웠다. 1달러를 돌려받는 손이 떨렸다. 쪽배로 옮겨 타서 지는 해가 강을 온통 붉게 물들이며 가라앉는 풍경을 바라보는 동안 무안함과 감격이 뒤섞여 내 얼굴도 벌겋게 달아올랐다.

여행가를 자처하면서 낯선 풍경을 보러 떠난다. 그곳은 두고두고 자랑할 만한 유적지가 있어야 하고, 현대 문명에 때 묻지 않은 순수한 사람들이 살고 있기를 바란다. 그러면서 나는 선입견과 편견의 잣대로 그들을 재고 있다. 내가 어떻게 그들의 본 모습을 볼 수 있겠는가. 단지 유적지를 스쳐 지나며 풍경만 잠시 보고 올 뿐이다. 코로나 팬데믹으로 여행을 할 수 없게 된 지금에서야 지난 여행에서 잘못한 일들이 느껴진다.

여권에 1달러를 다시 끼워 서랍에 넣었다. 서랍 속에는 무더웠던 여름 마드리드에서 한 시간이 넘는 길을 직접 데려다 주셨던 스페인 할머니가 손수 그려 주신 쪽지 지도, 부다페스트에서 숙소를 못 구해 쩔쩔매던 나와 친구를 재워 주고 숙박료로 주었던 돈을 곱게 싸서 돌려주었던 헝가리 새댁의 손수건이 간직되어 있다.

오래도록 기억에 남는 것은 유명한 관광지가 아니라 그곳에서 만난 사람들이 나누어준 인정이다. 다시 여행을 떠나고 싶다. 이번에는 사람들과 공감할 수 있는 마음의 여유를 노자로 넉넉히 챙겨 가고 싶다.

정녕 봄은 오는가

한향순

한 달 넘게 병원에 있다가 집에 오니 집이 오히려 서먹하게 여겨졌다. 하얀 눈이 왔을 때, 짐을 싸 가지고 병원에 들어갔는데 어느새 계절은 봄이 되어 남녘에는 꽃소식이 들린다. 칠십여 년을 무리하게 써먹은 무릎이 말썽을 부려 애를 먹다가 몇 해 동안이나 벼르던 무릎 수술을 하게 된 것이다. 수술 과정은 생각했던 것보다 훨씬 힘들었고 수술 후, 재활 과정도 만만치 않았다.

게다가 요즘 기승을 부리는 오미크론 때문에 수술 과정을 더 힘들게 하였다. 수술 날짜를 기다렸다가 PCR검사까지 하고 병원에 갔는데 다시 신속항원검사를 해야 한다고 했다. 운이 나빴는지 두 번이나 한 검사에서 결과가 애매하게 나와 입원을 거절당하고 짐을 싸서 다시 집으로 돌아와야 했다.

우여곡절 끝에 닷새 후에야 재입원을 하여 수술을 받게 되었다. 병원에 일절 면회가 허용되지 않으니 가족은 물론 아무도 병원에 올 수 없고 오직 간병인에게 모든 것을 의지하며 힘든 과정을 견디어야 했다. 뼈를 깎는 고통이라고 했던가. 의술이 발전하여 무통

주사며 진통제를 맞아도 통증은 쉽게 가라앉지 않았다. 게다가 한쪽 무릎을 먼저 수술한 뒤, 일주일 후에 다른 한쪽까지 수술하고 바로 다리를 꺾는 재활을 시작했으니 너무 힘들어서 입맛까지 달아나고 말았다.

게다가 같은 병실을 쓰는 간병인이 오미크론에 감염되고 다른 사람들까지 양성 반응이 나오다 보니 면역력이 최저로 떨어져 있는 상태에서 긴장감이 고조되고 있었다. 매일하는 키트 검사에서 양성이 나오면 당장 격리 병동으로 옮겨져 간병인도 없이 혼자 지내야 하는 처지가 되기 때문이다. 오늘은 내 차례가 아닐까 조마조마하며 2주일을 버티다가 무사히 수술 병원에서 퇴원을 하고 재활 병원으로 옮겼다.

재활병원에서의 일과는 빡빡하게 짜여 있었다. 그야말로 재활을 위해 찾은 병원이므로 하루에 물리치료 두 번, 한 시간씩 하는 무릎 꺾기 기계를 두 번하고 그 외에도 도수 치료나 걷기 운동 등 다른 생각을 할 겨를도 없었다. 평소에 입맛이 없다는 것을 별로 실감하지 못하다가 병원에서 세 번씩 나오는 식사를 하는 것도 힘든 고역이었다. 사람은 자기가 겪어 봐야 남의 처지를 이해할 수 있다더니 작년에 항암 치료를 하며 입맛이 떨어져 힘들어하던 남동생 생각이 났다.

항암 치료를 하며 회복이 아슬아슬하던 동생이 입맛까지 떨어져 기운을 못 차리고 있을 때, 입맛이 없으면 억지로라도 씹어서 넘기라고 잔소리하던 내 모습이 생각났다. 물론 동생이 안타깝고 걱정이 되어 한 말이지만 사람들은 진성한 이해보다는 자기 기준에서 쉽게 충고를 하곤 한다. 그래서 사랑이라는 미명 아래 종종 도를 넘는 잔소리나 충고를 하곤 한다.

또한 작년에 한쪽 무릎 수술을 하고 힘들어하던 올케의 처지도 생각났다. 무릎 수술을 하고 염증이 가라앉지 않아 고생을 하고 재활이 늦어졌던 올케는 일 년이 되도록 통증을 호소했다. 주위의 다른 사람들은 양쪽을 다하고도 일 년 후면 씩씩하게 운동을 하던데 너무 엄살이 심한 것은 아닐까 생각하였다. 맏며느리의 도리가 귀찮아서 핑계를 대는 것은 아닐까 잠시나마 의구심을 가졌었다.

그러나 남의 고통은 내 손톱 밑의 가시만 못 하다고 수술을 너무 쉽게 생각한 것이 내 불찰이었다. 힘든 재활 과정은 보지 못하고 수술 후 건강해진 모습만 보고 무릎 수술을 너무 쉽게 생각한 것이었다. 게다가 삼 년째 계속되는 코로나의 여파로 대인 관계까지 소원해진 상태로 외로움을 견디어야 했다. 문병은 물론이고 모든 호의를 거절한 채 칩거하는 동안 삶의 의욕마저 떨어지고 하루하루가 견디기 힘든 우울 증세까지 보였다.

하루가 다르게 오미크론 확진자가 늘어나는 요즘 상황에서 고통을 겪는 사람이 얼마나 많을까만은 유독 내 고통만이 크게 느껴지고 조바심이 났다. 언제쯤이나 건강해진 모습으로 일상을 회복할 수 있을지 그날이 아주 아득하고 멀게만 느껴졌다.

무료한 시간에 읽으려고 쌓아 놓은 책들은 허공을 맴도는 활자처럼 눈앞에서만 아물거렸다. 그러다가 오래전에 써 놓은 〈내가 생각하는 불교〉라는 수필 중에 나오는 글귀를 떠올렸다. '보왕삼매론'은 중국 명나라 때 '묘협'이라는 스님이 어려운 일이 닥쳤을 때에 어떤 마음가짐으로 살아야 하는가에 대한 가르침을 설파한 내용으로서, 사람이 살아가는 데 필요한 열 가지 금언으로 되어 있다. 그중에 첫 번째가 "몸에 병이 없기를 바라지 마라(念身不求無病). 몸에 병이 없으면 탐욕이 생기기 쉽나니 그래서 성인이 말씀하시되 병고로써 양약을 삼으라." 하셨다는 대목이다.

곧 죽은 나무에서도 싹이 돋는다는 사월이 될 것이고 만물이 연녹색으로 소생하는 눈부신 계절이 올 것이다. 그러나 언제쯤 코로나가 물러나고 모든 사람이 생기를 되찾는 봄이 정녕 올 것인가.

미(美)의 소유

전현순

영하 20도를 오르내리는 추운 날씨다. 눈까지 쌓였으니 온 천지가 새하얗다. 몇 년 전 같으면 '눈이 예쁘게 쌓였구나.' 하고 눈을 즐기기만 했을 텐데, 시골에 세컨하우스를 하나 마련해 놓은 후론 이렇게 추운 날씨가 연속되면 수도계량기 동파 걱정부터 앞선다. 첫해에 수도 계량기가 터져 얼마나 을씨년스러웠던가. 인부를 구할 수 없어 하루 종일 동동거리며 추위에 떨었던 기억이 생생하다. 결국 우리 부부는 마음 졸이며 시골집으로 달려갔다. 다행히 도로는 말끔히 치워져 있어 한달음에 갈 수 있었다.

겨울에는 텃밭 일도 없고 난방비도 만만찮아 시골집엔 2주에 한 번씩 내려가고 있다. 세상이 좋아진 탓에 핸드폰 원격 조종으로 난방을 켜 놓고 오니, 극한의 날씨에도 집 안은 따뜻했다. 다행히 수도는 안전했고 거실엔 항아리 뚜껑에 심어 놓은 미나리가 새파랗게 자라 봄기운이 넘실대고 있었다. 한낮이 되자 따사로운 햇볕이 툇마루에 내려앉아 나를 불러낸다. 장독대에 소복이 쌓인 눈은 고향인 듯 아늑하고, 빈 나뭇가지에 얹힌 눈은 새들이 들락거려 눈발이 내리듯 사방으로 흩어진다. 얼어붙을 것 같은 찬 공기. 한겨울의 적요. 이 한가로움이 나에게는 쓸쓸함이 아니라 풍요로움이다. 계량기 동파 걱정이 없었으면 험한 날씨에 일부러 시골집에 올 생각도 안 했을 텐데, 이 멋진 풍경을 보니 동파 걱정을 불러일으킨 계량기에게 감사해야 할 지경이다.

역시 눈 풍경을 즐기기엔 시골집이 제격이다. 집 주위를 한 바퀴 돌아보는데 윗집인 둘째 형님댁은 오늘도 인기척이 없다. 올겨울엔 아예 오시지 않으려나 보다. 올려다보니 처마 밑에 고드름이 주렁주렁 열려 햇빛에 반사되어 반짝이고 있다. "고드름, 고드름, 수정 고드름" 정겨운 동요를 입속으로 가만히 불러 본다. 문득 초가집 추녀 끝에 매달린 고드름을 따서 먹으며 놀던 어린 시절이 아스라이 떠오른다.

이 찬란한 풍경을 우리만 보기 아까워 아이들에게 눈 덮인 앞마당과 고드름을 핸드폰으로 찍어 SNS로 보냈다. 이내 함성이 들릴 것 같은 이모티콘과 함께 찬탄이 쏟아진다. "와, 고드름 진짜 오랜만에 본다." "정말 예쁘다." "역시 시골이야!" 그러나 곧이어 관찰력이 뛰어난 둘째가 "우리 집 고드름이 아니네. 둘째 큰엄마네 고드름이잖아. 우리 집엔 고드름이 안 열렸나 봐요." 하는 문자를 보냈다. 살짝 실망한 눈치다. 순간적으로 "보고 즐기는 사람이 주인"이라는 답변을 보냈더니. 아이들은 일제히 "옳으신 말씀이네요."라며 수긍한다.

언뜻 평범해 보이는 이 문구를 내가 처음 발견하고 마음속에 담은 것은 피천득 선생님의 수필 〈비원〉에서였나. 피천득 신생님은 "미(美)는 그 진가를 감상하는 사람이 소유한다."고 하셨다. 〈비원〉 중 내가 좋아하는 문장을 발췌해봤다.

비원뿐이랴. 유럽의 어느 작은 도시, 분수가 있는 광장, … 그것들은 내가 바라보고 있는 순간 다 나의 것이 된다. 그리고 지금 내 마음 한구석에 간직한 나의 소유물이다. …

주인이 1년에 한 번 오거나 하는 별장은 그 고요함을 별장지기가 향유하고, 꾀꼬리 우는 푸른 숲은 산지기 영감만이 즐기기도 한다.

지난가을 둘째 형님네 이층에서 내려다본 큰형님네 정원은 너무나 아름다웠다. 직접 큰형님네 정원에 들어가서 보는 것보다 훨씬 더 풍만하다. 옆으로 늘어진 소나무 가지의 멋스러움, 줄줄이 선 마당가의 향나무, 아름드리 단풍나무는 그 붉은 빛깔이 너무나 고와서 차라리 처연해 보인다. 반면 둘째 형님네 마당의 장미와 함박꽃은 직접 가서 보는 것보다 우리 집에서 감상하는 것이 더 우아하고 멋지다. 반대로 인동초 꽃이 아치를 뒤덮은 우리 집 아치형 대문은 둘째 형님네 마당에서 내려다보는 게 훨씬 더 운치 있다. 또한 꽃 향이 그윽하여 벌이 앵앵거리니, 집 안에 있는 우리보다는 집 앞을 지나가는 이웃 사람들이 그 향기와 벌 소리를 더 제대로 즐길 수 있다.

시골에 집을 짓는 이유는 수만 가지일 것이다. 하지만 그 이면에는 자연이 좋아서 자연의 아름다움을 즐기며 살고 싶다는 마음이 기본적으로 깔려 있다. 아름다운 풍경, 자연의 소리, 자연의 향기를 소유하고자 하는 마음이다. 시골에 내 소유의 집을 지으면 내 집, 내 집 마당, 내 집에서 보이는 모든 풍경이 다 내 것 같은 착각을 하게 된다. 하지만 자연의 아름다움은 소유하는 게 아니라 보고 느끼는 사람이 임자라는 진리는, 우리 삼 형제 집안에서의 자연 감상에도 고스란히 느껴진다. 우리 집 마당 장미 자체는 내 것일지 몰라도, 장미의 아름다움은 나의 소유가 아닌 것이다.

'무소유'를 몸소 실천하고 사셨던 법정스님도 "다른 모든 욕심은 내려놓을 수 있는데, 아름다움에 대한 욕심만큼은 내려놓기가 힘들다."라는 말씀을 자주 하셨다고 한다. 그만큼 인간은 본능적으로 '아름다움'을 추구하는 존재라는 의미이리라.

뭐든지 소유해야만 직성이 풀리는 각박한 세상. 그러나 자연의 아름다움만큼은 누구나 소유할 수 있다니 얼마나 다행인가.

그는 웃고 나는 운다

강철수

　산악회 원용구 고문의 애칭인 '원 장군'은 군대와는 상관없다. 단지 덩치가 크고 힘이 세어서 얻은 이름이다. 그 애칭을 처음 사용한 것은 아마도 내가 아닌가 한다. 81년 12월의 첫 주말, 치악산을 오르고 있었다. 입석대를 거쳐 비로봉 정상에 올랐다가 구룡사 쪽으로 내려가는 코스였다. 그가 M산악회에 들어오고 나서 첫 산행이었다. 눈길이라 미끌미끌, 모두가 쩔쩔매는 와중에 그만은 원기왕성, 주저앉은 사람을 일으켜 끌어 주고 힘에 겨운 이들의 배낭을 받아 목에도 걸고 양팔에도 하나씩 끼워 당당하게 걸어가고 있는 게 아닌가.

　귀경 버스 속에서 내가 그의 초인적 활약상을 소개하면서 '원 장군'으로 처음 호칭한 것 같다. 그는 이후에도 '장군'이라는 이름값을 톡톡히 해내었다. 나이 든 분들의 석유 버너 같은 무거운 짐을 자신의 배낭으로 옮겨 담는가 하면, 여름에는 한 아름이나 되는 수박을 정상까지 메고 와 모두의 환호를 받기도 했다. 그러다 보니 자연 M산악회에서는 본명보다 원 장군이라는 애칭으로 부르는 사람이 더 많아졌다.

그와의 첫 만남은 방산시장 안에 있는 우리 매장에 그가 고무밴드를 납품하면서였다. 명함을 교환했다. 노원구 태릉 쪽에 공장을 두고 있는 '천일 고무' 대표, 그는 반들반들 다듬어진 도시인이 아니고 요즘 방송에 나오는 '자연인'처럼 원시(原始)의 냄새가 풍기는 사람이었다. 우람한 체격에 무성한 머리칼과 짙은 눈썹 그리고 시퍼런 면도 자국, 약간 도드라진 광대뼈, 눈도 크고 입도 크고, 콧날은 북한산 칼바위 능선처럼 곧게 뻗어 있었다. 팔뚝은 야구 방망이보다 더 단단해 보여 멧돼지를 때려잡고도 남지 않을까 싶었다.

어느 초겨울 저녁녘, 말쑥한 점퍼 차림으로 나타난 그가 밥을 먹자고 했다. 청계천 6가 동대문 상가 옆 골목에 조촐한 술집이 있었다. 비빔밥에다 한 되짜리 '백화 수복' 정종이 병째로 올라왔다. 밥은 제쳐두고 따끈하게 데워 온 술부터 마시기 시작했다. 주거니 받거니 빈속에 들어간 술이 서로의 마음을 터놓게 했을까. 어느새 도란도란 둘 사이에 얘기의 강이 흐르고 있었다.

1·4 후퇴 때 황해도 사리원에서 아버지와 단둘이 내려왔다. 부산에서 '비과'를 만드는 과자 공장에서 하루에 12시간씩 토요일이나 일요일도 없이 일해야 하는 '공돌이'였다. 아내 홍 여사도 함경도에서 피란 와서 역시 그곳에서 일하는 '공순'이였다. 서울에 와서 이리저리 헤매다가 고무줄 공장을 차렸는데 힘이 많이 든다. 전화 받는 직원 한 명뿐, 제조와 판매를 혼자 도맡아 하고 있다. 일은 고되어도 2남 1녀 아이들이 공부를 잘해서 뿌듯한 마음으로 살고 있다.

한 되짜리 술병이 바닥에 가까웠는데도 두 남자가 펼치는 얘기의 강은 넘실넘실 아직도 굽이치고 있었다.

햐! 원 사장, 나도 그때 부산에서 '공돌이'를 했잖았겠소. 동대신동에 있는 와이셔츠 공장의 '시다바리'로, 새벽부터 밤늦게까지 세수할 틈조차 없을 만큼 바쁘게 일을 했지요. 월급? 그런 건 당연히 없었지요. 먹여 주고 재워 주는 것만으로도 감지덕지하던 시절이었잖아요. 그 후로 다방과 음식점을 순례하며 양담배와 껌을 파는 행상을 하다가 종국에는 남포동 뒷골목에서 양키 물건을 파는 노점상을 차리기까지 했다니까요.

어라! 말이 채 끝나기도 전에 원 사장의 두 손이 내 두 손을 맞잡아 깍지를 끼고 부르르 떤다. 함께 뛰놀던 코흘리개 고향 친구를 만난 느낌이었을까. 같은 시기 같은 지역에서 똑같이 '공돌이'라는 밑바닥 삶을 살아냈다는 유대감, 이번에는 상을 밀치고 와락 서로를 껴안는다. 펄떡이는 가슴과 가슴. 볼까지 비빈다. 공돌이 시절의 아픔들이 복받쳐 오르는가. 두 남자 얼굴 위로 눈물이 번진다.

"♬아~으악새 슬피 우니 가을인가요….."

나직이 부르는 황해도 사나이의 노래, 망향의 애달픔일까, 텅 빈 늦가을 들판처럼 쓸쓸함이 묻어 있다.

"♬두만강 푸른 물에 노 젓는 뱃사공….."

이번에는 듀엣이다. 높고 낮은 음성, 지난날의 서러움을 멀리, 아주 멀리 날려 보내고 있었다.

그날 이후 나보다 세 살 아래인 그와는 찰떡궁합으로 죽이 맞았다. 곧바로 코펠과 버너 같은 등산 장비를 마련해 내가 임원으로 있는 M산악회에 들어왔다. 1, 3주 일요일마다 전세 버스로 전국의 명산을 찾아가는 산악회에서 그의 인기는 대단했다. 서글서글 활달한 성격에다 힘겨워하는 사람 잘 도와주고 권하는 술잔도 마다하지 않았다. 귀경길 버스 속에서 그가 부르는 구성진 노랫가락은 시쳇말로 인기 '짱'이었다.

그가 들어오고 이태째에 내가 회장직에 오르면서 그에게 산악회 살림살이를 총괄하는 총무직을 부탁했다. 공장 일에 바쁜 그에게는 아주 버거운 일일 터인데도 군말 없이 맡아 주었다. 임기 2년의 회장직을 일곱 번, 14년 동안 그가 총무를 도맡아 주었다. 그뿐만이 아니고 나를 위험에서 구해 준 적도 있었다.

내가 첫 회장직에 오르면서 성당 친구들과 학교 동창들 여럿이 산악회로 들어왔다. 한 대이던 버스를 두 대로 늘려야 했고 그러다 보니 자연 분위기도 좀 어수선했다. 춘천의 삼악산 등반 때였다. 거기에 불만을 품은 어느 회원이 나를 외진 숲속으로 데려가 주머니칼로 위협하면서 새로 들어온 사람들을 모두 다 내부내라고 압박했다. 그는 가정 폭력을 일삼고 주먹질을 잘하는 왈패로 소문이 나 있었기에 공포에 떨지 않을 수 없었다. 그때 바람처럼 나타난 원 장군이 한 방에 그를 때려눕히고 다시는 그러지 않겠다는 다짐까지 받아 냈다.

세월이 흘렀다. 머리칼이 희끗희끗 그도 늙고 나도 늙었다. 그는 회장직을 거쳐 고문직으로 물러나 있고 나는 명예회장으로 불러나 있었다. 그는 십여 년 전에 사랑하는 아내 홍 여사를 하늘나라로 보낸 것 빼고는 그런대로 잘 살아가고 있었다. 막내아들이 공장을 물려받아 잘하고 있고 큰아들은 S전자에 입사해서 스마트폰 홍보를 위해 세계를 누비고 있었다. 장손자는 미국 유명 대학에서 장학생으로 공부하고 있었고 당신의 지병인 혈압과 당뇨도 비교적 잘 관리하고 있었다.

한데, 그가 우리 곁을 떠나갔다. 오는 9월 25일이 그의 일주기다. 매 주말마다 함께 전세 버스에 오르거나 둘레길을 걸었는데 코로나19 팬데믹으로 만남이 끊긴 지 오래였다. 사회적 거리 두기가 완화될 때면 열댓이 모여 둘레길에 나서곤 했는데 그는 지병의 악화로 참석이 어려웠다. 어쩌다가 힘을 내어 지팡이를 짚고 참석해서도 완주를 못 하고 중도에서 집으로 되돌아갔다. 어떤 날은 모임 장소까지만 겨우 나와서 그리운 얼굴들과 일일이 악수만 하고 들어가기도 했다.

작년 7월의 마지막 일요일, 둘레길은 일산 호수공원을 걷는 것으로 정해졌다.

"원 장군, 내일 일산 호수공원을 걷는데 어지간하면 좀 나와 보시죠. 평지를 걷는 것이고 원 장군은 조금 걷다가 예약해 둔 식당에 가 계시면 됩니다."

"예, 강 회장님, 내일 나가보도록 하겠습니다."

전화상의 목소리는 탁하고 어눌했지만 확실한 의사 표시였다.

이튿날, 비바람이 세차게 몰아쳤다. 10시, 정발산역 1번 출구, 기다려도 그는 나타나지 않았다. 다들 날씨 탓이려니 생각했다. 하지만 그게 아니었다. 이튿날도 그 다음날도 연락이 닿지 않았다. 보름쯤이 지났을까, 회장이 그가 종합병원에 입원 중이라고 알려 왔다. 코로나19 때문에 면회는 일절 금지, 가족도 장남 한 사람만이 환자의 얼굴을 볼 수 있다고 했다.

어찌 이럴 수가! 한달음에 달려가 마지막일지도 모를 그분의 손을 부여잡고, 먼 먼 공돌이 시절의 애환을 다시 한번 나누어야 하는데…. '두만강 푸른 물에 노 젓는 뱃사공~.'을 한 번 더 듀엣으로 불러야 하는데, 면회가 안 되다니…. 후회막급, 회갑을 지나면서 건강상 이유로 술을 끊어 그분과 가슴을 맞댈 기회를 한 번도 마련하지 못하지 않았던가. 아, 이 어쩌면 좋으냐.

결국 입원 40여 일 만에 그가 떠나갔다. 그를 보내는 게 너무나도 아쉬워 산악회에서 사이버 공간에 그의 빈소를 마련했다. 흰 국화 더미 속에서 원 장군은 여느 때처럼 환하게 웃고 있었다.

40년을 함께한 내 친구 원 장군, 그는 웃고 나는 운다.

한산 모시

박경애

다림질을 끝낸 모시 적삼에 동정을 달고 있자니, 이 옷이 생긴 유래며 입었던 때의 일들이 주마등처럼 스친다. 한때 좀 여유가 있는 집안의 사람이면 흰 모시 한복을 입었던 적이 있었다. 그때에 나도 이 한복감을 작은 시어머님한테서 선물로 받았었다. 마침 친척의 결혼식장에 갈 일이 있어, 갓 지은 모시 한복을 차려 입고 도로변에서 택시를 기다렸다. 그런데 어느새 택시가 먼저 알고 미끄러지듯 와서 내 앞에 멈추었다. 그때는 택시도 방향이 같으면 합승(合乘)이 허용되던 때라, 혼자일 때는 당연히 앞좌석에 타는 것이 예의였다.

기사에게 행선지를 말하고는, 내가 손도 안 들었는데 어떻게 알고 차를 세웠느냐고 묻자, 서 있는 모습이 하도 예뻐서 자기도 모르게 서 버렸다고 했다. 그러고는 운전을 하면서 한 손으로 내 치마를 조심스럽게 만져 보며, "우리 집사람도 한 벌 해 줘야지!"라고 혼잣말을 하는 것이었다. 부인을 생각하는 그 마음씨가 곱다는 생각을 하면서도 나는 속으로 좀 놀랐다. 나도 선물로 받지 않았다면 이런 옷을 해 입을 엄두도 내지 못했을 테니 말이었다. 그러는 사이 차가 목적지를 지나버렸던지 "이야기를 하다가 깜빡 잊었다." 며, 추가된 요금은 받지 않겠다고 했지만 그럴 수는 없었다.

남편에게 새어머니가 계시다는 말은 혼담이 있을 때부터 들었지만, 또 다른 시어머님이 계신 것은 결혼 후에 알았다. 어린 남매를 두고 상처를 하신 시아버님은 재혼하신 뒤 또 소실(小室)을 들이셨다. 새어머니보다 연세가 위이신 분이었는데, 새어머니도 아들을 낳은 터라 큰아들은 작은어머니의 몫이라는 시아버님의 말을 믿고 큰아들을 지극 정성으로 길렀다. 하지만 베갯동서 사이에 장남을 놓고 쟁탈전이라니 가당키나 했겠는가. 작은어머니는 십여 년을 공들여 길렀던 아들, 즉 내 남편을 남겨 둔 채 홀홀히 떠나셨다가 우리가 결혼한 뒤 기른 정을 못 잊고 찾아오시기 시작했다.

아들이 어린 마음에 나름대로 믿고 의지했던 자신에게 버림받은 상처가 있다는 것을 알면서도, 눈먼 딸자식 하나 없는 분이 정 줄 사람이라고는 오직 우리 내외뿐이었으리라. 나 역시 측은지심이었던지, 시어머님의 눈치를 보면서도 내심 친정어머니 못지않게 각별히 대했다.

그분은 친정이 '한산'이어서 그러셨는지, 젊을 때부터 하시던 모시 베 장사를 하시며, 우리 내외를 무던히도 챙기셨다. 곱다고 선물로 주시고 자투리라고 또 주시는 바람에, 그 귀한 모시옷이 우리 내외에게는 제법 많은 편이었다. 삼복더위에 그 옷을 입으면 보는 사람도 덩달아 시원해진다는 말을 듣곤 하지만, 그럴 때면 괜히 혼자만 좋은 옷을 입는 것 같아서 미안한 생각도 들었다. 반면에 입기도 조심스럽거니와 빨아서 푸새 다림질에도 정성을 들여야 한다. 그뿐이랴, 거슬러 생각하면 옷감이 되기까지 수많은 부녀자들의 손길과 정성이 배어 있음을 아는 사람은 그리 많지 않을 것이다.

나는 농촌에서 길쌈하는 과정을 자연스럽게 보며 자랐다. 무명이나 명주와는 달리 모시나 삼베는 가늘게 짼 올을 무릎에 비벼 잇기 때문에 씨줄과 날줄이 만나 천이 될 때까지 모든 과정을 머리를 빗듯이 위에서 아래로만 다뤄야 한다. 거슬러 다루면 그 이음새가 빠지기 때문이다. 베를 날 때도 무명과 달리 오던 길을 되돌아가지 않고 한 방향으로만 가야 한다. 그렇게 새수[升數]에 맞게 날기가 끝나 가면, 어머니는 손가락에 솥 검댕을 묻혀 마지막 올에 필(疋)의 표시로 개미 점을 찍는다. 그러고는 어느 말뚝 부근에서 올을 통째로 자르신다. 비로소 바디에 꿸 올의 부분을 만드신 것이다. 그 과정이 무명베 날기보다 얼마나 어려웠으면, 어머니가 시집가는 막내딸의 가마를 붙잡고 "마포베를 날 때는 말뚝이 열두 개란다."라고 일렀다는 옛말이 있을까.

이토록 모시나 삼베 만드는 과정은 같지만 물을 적시지 않으면 다룰 수 없는 삼베와는 달리, 모시는 애초에 속껍질만 구해서 마른 채로 일을 하기 때문에 삶은 뒤 독한 잿물에 담가서 껍질을 벗겨 내는 삼베보다는 훨씬 간편한 양반 길쌈이다. 하지만 한낱 풀 껍질을 가지고 머리카락만큼이나 가늘고 고운 천을 만들기까지, 한산

지방 여인네들의 정성이 아니면 '한산 모시'라는 이름이 생겨났을까. 이토록 소중한 우리의 전통 옷감은 이미 국가무형문화재로 지정되어 그 보존 가치가 높다.

한여름에 생질녀가 결혼을 한다는 말을 듣고 어떤 옷을 입을까 생각하다가 둘둘 말아서 수십 년을 농 속에 넣어 두었던 모시 한복을 꺼냈다. 경사스러운 잔치에 흰 치마가 좀 마음에 걸려서, 양파 껍질을 삶아 물을 들이니 약간 누르스름한 것이 옥색 치마 못지않게 아름다웠다. 그 뒤로부터 성당에 갈 때나 무슨 행사 때면 가끔 이 옷을 입지만, 언제까지 입을 수도 없거니와 내가 아니면 누가 이 손질하기 어려운 옷을 입겠는가.

바느질아치의 고운 솜씨까지! 부녀자들의 지혜와 혼이 담긴 이 옷을 그냥 버리기엔 너무 아깝다. 어디에 기증이라도 하면 후손들이 옛 여인네들의 얼을 두고두고 기리지 않을까. 부질없는 나의 마음이다.

참, 따뜻하다

오삼자

얼마 전 졸작이 조선일보에 실렸다. 원고료를 어찌할까 궁리하다가 글의 주인공인 외손들을 위해 쓰기로 정한다. 마침 성탄절이다가와 이맘때 어른과 아이가 다 함께 즐길 수 있는 발레 〈호두까기 인형〉을 예매했다.

눈 내리는 크리스마스이브. 클라라의 집에서 즐거운 파티가 열렸다. 파티가 끝나고 클라라는 마법사에게서 선물 받은 호두까기 인형을 안고 잠든다. 꿈속에서 크리스마스트리가 커지고, 움직이게 된 호두까기 인형은 생쥐 떼들의 공격을 받고 전투를 벌이고, 클라라의 도움으로 승리한 호두까기 인형은 멋진 왕자로 변신한다. 왕자는 아리따운 숙녀로 변한 클라라와 눈이 내리는 소나무 숲에서 요정들과 눈꽃송이 왈츠를 추고, 마법의 성을 거쳐 과자의 나라로 향했다.

과자의 나라에서 성대한 파티가 벌어졌다. 줄거리와 상관없이 과자를 상징하는 스페인, 아라비아, 중국, 러시아 등의 민속춤은 발레 보는 재미를 더해 준다. 프랑스의 '갈대피리 춤'에 이은 사탕

요정 시녀들의 우아한 '꽃의 왈츠'는 어른도 아이도 달콤한 동화의 나라로 빠져들게 했다. 클라라와 왕자가, 혼자 또는 둘이서 사랑의 환희를 빼어난 기량으로 맘껏 펼치고, 출연자 모두의 축하 속에서 아름답게 끝맺었다.

무대가 바뀐다. 긴 꿈에서 기지개 켜며 깨어난 클라라가 호두까기 인형을 품에 안은 채 무척 행복해했다.

그 크리스마스이브도 눈이 내리고 있었다. 흙벽돌 교회 옆에 우뚝 세운 종탑에서 종소리가 '뎅그렁 뎅그렁' 울려 퍼지는 시골 마을. 남포등을 켠 예배당 안은 난로의 벌건 장작불로 인해 한층 밝아졌다. 무대로 꾸민 강단 양편에선 하얀 솜을 얹고, 색종이 장식을 매달고, 오색 테이프 고리를 연결해 두른 소나무가 성탄 분위기를 냈다.

나는 축하 공연 첫인사를 하려고 무대에 섰는데, 앞을 가린 휘장이 막상 열리자 입이 안 떨어졌다. 사람들로 꽉 찬 예배당이 엄청 커 보여 그만 얼어 버린 나는 지도 교사가 운을 떼 주어 가까스로 마쳤다. 그땐 구경거리가 별로 없던 시절이라, 주변 사람들도 와서 공연을 보고 떡과 다과를 함께 나누는 축제의 날이었다.

2부는 시상식이 진행되었다. 주일학교 성적을 출석, 요절 외우기, 헌금, 행동으로 매기다 보니, 성적이 제일 좋았다. 산타클로스 분장을 한 전도사님이 주는 상품과 선물을 한가득 안고, 함박눈을 맞으며 눈 밟히는 소리가 정겨운 길에서 추운 줄도 몰랐다. 집에 오자마자 그냥 곯아떨어졌다.

얼마큼 잤을까. 노래가 나지막이 들린다. "고요한 밤, 거룩한 밤"이 "기쁘다 구주 오셨네." 좀 크게 바뀌어도 꿈인지 생시인지 깨닫지를 못했다. 방문이 '풀썩' 여닫히며 엄마가 밖에서 몰고 들어온 새벽바람을 쐬고서야, 성가대가 와서 부른 '새벽 송'인 걸 알아차린다.

잠시 후 또 들렸다. "저 들 밖에 한밤중에, 양 틈에 자던 목자들, 천사들이 전하여 준 주 나신 소식 들었네, 노엘 노엘…." 멀리서 들려오는 맑고 고운 노랫소리는 마치 천상에서 울려 퍼져오는 듯 길게 여운을 남긴다. 성스러운 천사들의 화음으로 가슴을 울린 '새벽 송'이었던 것이다.

지금도 마음 따뜻해지는 크리스마스로 돌아간 나를 우레 같은 박수가 깨웠다. 마지막 공연이어서인지 커튼콜이 여러 번 이어졌다. 모두들 오케스트라 반주에 맞춰 캐럴을 신나게 부르고는, 엄청난 환호와 박수로 화답하며 끝마쳤다.

무대 위로 붉은 커튼이 드리워졌다. 객석 통로에 불이 들어와도 일어날 생각은 않고, 발레리나를 꿈꾸는 손녀가 "풀솜할머니, 내가 발레 할 때 꼭 와야 해." 다짐받는다. "그럼 가고말고." 환한 얼굴로 대답했다. "우리 내년에 또 와요." 눈을 반짝이며 말하는 손녀에겐 "그래 꼭 오자꾸나." 흔쾌히 답해 주었다. 아무렴, 난 언제나 너그러운 풀솜할미이고 싶으니까.

풀솜할머니는 외할머니의 곁말이다. 글이 실릴 때, 신문사에서 〈풀솜할머니〉를 〈언제나 너그러운 풀솜할미이고 싶다〉로 바꾸면 어떠냐고 묻기에 응했더니, 이젠 그 제목이 더 맘에 든다. 게다가 아이 넷을 품은 몸집 넉넉한 할머니가 뭉게구름 피어오른 하늘에 둥실 떠 있는 삽화는 얼마나 푸근한 정경인가.

이번엔 예술의 전당에서 맞은 크리스마스이브. 글에서 사군자에 비유한 고만고만한 손자와 손녀! 더할 나위 없이 최고의 선물을 안겨 준 두 딸! 이런 호사를 누리다니…. 이 얼마나 기쁘고 행복한 날인가. 이 또한 얼마나 큰 축복이던가.

나의 양손을 놓지 않는 고사리 같은 손을 꼭꼭 잡고 맘속으로 빈다. 이 애들이 오늘을 내 유년의 크리스마스같이 따뜻하게 기억하기를. 훗날 지쳤을 때, 잠시나마 위로와 희망이 되는 산타클로스의 선물 같기를.

아이들에게, 눈이 마주치는 이들에게, 나는 인사한다.

"메리 크리스마스!"

참, 따뜻하다. 지금쯤 바깥엔 함박송이 눈이 펄펄 날리려나.

개똥밭에 굴러도

신가균

이 세상에 있으나 마나 해 보이는 지렁이나 하루살이 따위 버러지도 꼭 살아야 할 연유가 있을진대. 하물며 사람이랴!

옛날부터 삼신할미가 점지해 준 아기가 태어나며 고생주머니와 "저 먹을 건 타고난다."라는 말이 있다. 한평생 흙 파먹느라 손마디가 불퉁그러지고 이마에 굵은 주름 투성이인 두멧골 촌부(村婦)들의 넋두리가 있다. '삼복중 땡볕 밭에서 핏덩이 낳은 일, 밤새워 물레질하여 무명 나이하고, 눈코 뜰 새 없이 논밭으로 점심, 곁두리 내가랴, 홍역 마마에 '예쁜 딸내미 가슴에 묻은 일' 등등…. 이야기책을 꾸미면 두세 권도 넘을 것이다.'라는 푸념이 있다.

어디 촌부의 일생만이겠는가. 예부터 인간 삶을 풍상고초라고 하였다. 각종 고시에 합격한 수재나 재벌 총수들도 한때는 수렁에 빠진 적도 있었을 것 같다. 그리고 보면 내로라하는 사람이나 서민이나 처지가 도긴개긴이지 싶다.

옛날이나 지금 사람들이 원하는 게 무엇일까. 아마 첫째가 건강일 게고 다음은 부(富)로, 도깨비방망이 들고 "돈 나와라!" 하고 뚝

딱! 치면 뭉칫돈이 돈궤에 가득 차고 배고플 때마다 진수성찬이 코 앞에 차려졌으면…. 그런 어림 반 푼어치도 없는 헛꿈은 굶기를 밥 먹듯 하는 가난뱅이들만의 소원이겠는가. 쌀밥에 고기반찬 세끼 먹는 천석꾼도 '도깨비방망이 하나쯤….' 그런 생각 안 해 본 사람 없을 것이다.

그렇듯 사람들마다 바라는 게 다 이뤄진다면, '큰일나지!' 하는 마음과, '참 좋겠다.' 상반된 생각이 얼핏 든다. 모든 이들이 하는 일이 불 일 듯하여 모두 다 재벌이 되고, 정치가는 다 군주(君主)이 고, 공장 기술자 겸 사장님 되고, 모든 농사꾼이 농토가 많은 세상 은 도원경(桃源境)일 것이다.

그러할 도원경을 상상으로 봤더니 개판이었다. 전부가 농장 사 장들뿐이고 품팔이꾼이 없어 제대로 못 가꾼 전답은 잡초가 무성 하여 알곡이 반타작도 안 돼 폐농 지경이다. 곳곳의 회사에는 사장 님들뿐이고, 여러 기업을 거느리기는커녕 껍데기 재벌, 국토가 없 어 백성이 있을 리 없는 군주는 꾀죄죄한 헌털뱅이 앞치마 두르고 밥해 먹는 부엌데기일 것이다. 모두 갑부요 벼슬아치만 있는 그런 사회는 하늘 아랜 없다.

내가 이제껏 살면서 '사람의 한평생은 보따리 진 나그네!'라는 말 과 함께 생각나는 게 있다. 내가 어머님 뱃속에서 갓 나와 첫울음 을 울 때일 것이다. 조화옹이 떠맡기는 짐을 덥석 받아 멜빵을 걸 어 어깨에 둘러멨지 싶다.

그 무거운 보따리 지고 나잇살 먹고 뒤돌아보니 옛 어른들도 그런 짐에 짓눌려 낑낑거리다 황천(黃泉) 걸음 한 데가 이 세속이었다. 어디 사람뿐이겠는가. 이 하늘 밑의 숨탄것들도 쓴맛도 보고 단맛도 본다. 내가 젊어 철부지일 때 '나는 갑부(甲富)가 소원인데 왜 가난뱅이냐!' 세상을 탓한 적이 있다.

그런 철딱서니이던 내가 세파에 닳고 닳다 보니 하루하루를 꿋꿋이 사는 곳이었다. 그처럼 세상살이가 녹록지 않지만 어버이 합궁 때 생식세포 수억 중에서 선택되어 태어났음은 천운이 아니겠는가.

우주 만물이 딱 맞아떨어지게 창조한 조화옹이 인간 각자에게 떠맡긴 도량은 기둥·대들보·서까래 감·진흙 등, 재료 어느 하나 없으면 안 되는 곳이 사회 구조일 것이다. 식물들은 습한 곳으로 뿌리를 뻗고 사람들은 밥줄을 찾아 우물을 파야 한다. 혹여 사회에 첫발을 내디디는 청년이 산꼭대기(고위직) 고집하지 말고 산 허리께를 파는 것도 방법일 것이다. 거기서도 헛일이면 개울 둔치를 파면 틀림없을 것이다.

내 지인 이야기다. 맨주먹의 청년이 쥐꼬리 월급 주는 잡화가게 점원으로 들어갔다. 그는 낡아 빼깍대는 자전거로 밀가루 열두세 포대씩 거래처에 실어다 주곤 하였다. 그처럼 열심히 일하는데도 주인은 "왜 빨랑빨랑 다녀오지 못하냐." 그럴 때마다 고까움이 오죽했겠는가. 꾹 참고 견딘 그는 지금 대리점 사장이 되어 떵떵거리는 알부자다.

위의 사례처럼 누구나 어려움을 겪으면서 익힌 경험을 밑천 삼아 어엿한 사업가가 안 되라는 법은 없을 것이다. 사회에 첫발 내딛는 그대들의 앞날은 한없이 넓다. 마음 씀씀이가 슬거웠으면 한다. 코피가 터지게 공부하고 밥줄이 얼른 안 잡힌다고 주저앉아 "에이! 그냥!" 삶을 포기하는 이들이 안타깝다. 예부터 "개똥밭에 굴러도 이승이 좋다."고 하였다. 초년고생은 사서 하라는 말이 있다. 옛날 흉년이 들면 피죽이나 초근목피로 연명한 억척이 선조들의 후손이 나를 포함한 젊은 그대들이다.

지금은 세상이 좋아졌다. 앞길이 창창한 청년이 일순간 못 참고 북망산(北邙山)이 웬일이냐! "아서라!" 낳아 애지중지 키운 어미 아비 가슴에 대못질을 해야 되겠는가. 가슴속의 비관과 염세 덩이 뚝 떼어 팽개치고 심기일전했으면 한다. 앞길이 구만리 같은 청소년이 이슬로 사라지는 일이 또 있어서는 안 될 일이다.

비 갠 날 북한산성에 앉아

안과순

　토요일 아침 일찍 창문을 여니 북한산의 영봉들이 손에 잡힐 듯 선명하게 다가온다. 지루한 장마가 소강상태를 이루면서 이삼일 간은 비가 오지 않는다는 기상청 예보다. 비가 그친 산빛은 형용하기 어렵다. 검은빛도 아닌 것이 푸른빛도 아니요, 물기를 듬뿍 머금은 산빛이 내게 신비함으로 다가온다. 동악제색(東岳霽色)! 더 이상 적당한 표현을 찾을 길이 없다.

　조선 시대 진경산수의 대가 겸재는 비 갠 인왕산을 보면서 〈인왕제색도(仁王霽色圖)〉를 그려서 국보로 남겼다. 비가 갠 북한산을 수묵화에 담을 재간이 없는 나는 단지 그곳에 들어가 보고 싶은 욕망뿐이다. 간단한 등산복 차림에 물 한 병을 옆구리에 끼고 집을 나섰다. 발걸음이 전에 없이 가볍다. 국립공원 입구는 등산객들로 붐빈다. 들리는 물소리가 입구에서부터 심상치 않다.

　산을 오르기 시작한 지 십여 분도 지나지 않아 소나기 한줄금이 지나가더니 이어서 빗방울이 잦아든다. 비에 대한 준비를 안 했으니 속수무책으로 비를 맞았다. 지갑과 손 전화가 젖는 것이 걱정이다. 아무리 예보가 그렇더라도 장마철인데 나의 소홀함과 신중하지 못한 차림이 후회스럽다. 돌아갈까 생각도 했지만 산속의 풍경이 나를 놓아 주지 않는다. 이윽고 작은 암자 터를 손질하는 작업차를 발견했다. 거기에 자재를 덮었던 비닐 뭉치가 보였다. 운전기사에게 양해를 구하고 비닐을 적당히 끊어 지갑과 전화기를 싸서 주머니에 넣으니, 마치 병사가 완전 군장이라도 하고 출정하는 것처럼 발걸음이 가벼워진다.

오른쪽 귀로는 석간수(石間水) 흐르는 소리가 간지러운가 하면 왼쪽으로는 우레와도 같은 폭포 소리가 웅장하다. 어느 오케스트라의 지휘자가 자연 그대로의 소리를 화음으로 낼 수 있을까. 계곡에는 깊은 웅덩이가 수없이 파이고 쏟아지는 물은 파란 연못을 끊임없이 만들어 낸다. 큰 비가 내린 후의 북한산 계곡은 내설악의 백담(百潭) 계곡에 견줄 만큼 장관을 연출한다.

물소리가 잦아들면서 정상이 가까워 옴을 느낀다. 정상에는 앞에 오른 등산객들로 북적댄다. 헐떡이며 땀 흘려 오른 정상. 거기에는 복원된 북한산성이 능선을 따라 꿈틀거리고 저 아래로 낯익은 서울의 모습이 한눈에 들어온다. 조선 초기에 개경에서 한양으로 천도한 무악대사와 정도전의 예지(銳智)가 머리를 스쳐 지나간다. 오백 년 도읍의 숨결을 고스란히 간직한 이 서울. 높지는 않지만, 아름답고 웅장한 북한산을 등에 업고 유유히 흐르는 한강이 휘돌아가니 촌부가 보아도 배산임수의 명당이다.

정도(定都) 칠백 년을 바라보는 우리의 도읍지는 한때 일제의 야

욕에 찬탈당하는 치욕도 겪었지만, 신생 대한민국을 짧은 기간에 세계 십위권의 경제 대국으로 견인한 곳이기도 하다. 거기에는 동시대를 풍미한 세 분의 영웅이 힘을 합쳤다. 한 세기에 한 명의 영웅도 태어나기 어렵다는데 우리는 같은 시대에 세 분의 영웅을 배출하였으니 분명 복 받은 나라다. 한 분은 정치를, 두 분은 경제를 견인하면서 모진 가난에서 벗어나고자 하는 국민의 열망을 결집하였으니 짧은 기간에 세계사에 남을 만한 업적을 일구어 낸 것이다. 그분들과 같은 시대를 몸소 체험하며 살아온 나는 서울을 바라보면서 그분들이 남긴 위대한 발자취들을 생생히 떠올리고 있다. 감사한 마음 가눌 길이 없다.

최근에 이르러서는 전직 대통령들의 행적으로 온 나라가 시끄럽다. 퇴임하면서 천문학적인 비자금을 조성하고 환원하지 않은 분, 재임 당시 남북정상회담에서 국가 안보를 약화시키는 발언을 했다고 의심받는 분, 4대강 정비 사업을 하면서 실제로는 국민들이 반대하는 대운하를 염두에 두고 공사를 하였다고 의심을 받는 분 등.

국가의 지상 목표인 안보와 정의는 무엇과도 바꿀 수 없는 명제다. 역사는 바로잡아야 한다. 그것이 역사의 순기능이다. 비록 전직 대통령이라도 이 부분에서 자유로울 수는 없다. 그러나 이러한 사안들로 인하여 정치적으로 대립되고 국론이 분열되면 피해를 보는 것은 결국 국민들이다. 결코 국가 장래를 위해서도 바람직스럽지 못한 일이다. 안보를 튼튼히 하고, 국민을 배불리 먹이고 따뜻하게 입히는 것이 정치의 제일 목표가 아닌가. 하루빨리 온 나라가 조용해지고 위정자를 비롯한 국민 모두가 제자리를 찾았으면 좋겠다.

겸재는 비 갠 인왕산을 보고 병석에 누운 친구의 쾌차를 기원하며 〈인왕제색도〉를 남겼는데, 나는 비 갠 북한산에 올라 상념만 한 아름 안고 발길을 돌린다.

줄타기

이현옥

한 손에는 부채를, 다른 한 손은 허공을 향해 있다. 한 발, 한 발 내디딜 때마다 보는 사람들의 마음을 조마조마하게 한다. 왼쪽 다리를 내리며 한 다리로 걸터앉는 모습을 하자 여기저기서 "아!" 소리가 나온다. 튕겨 올랐다가 사뿐히 내려앉고 다시 올랐다가 내려온 후 잽싼 발걸음으로 줄의 끝에 선다.

머리에는 흰 띠를 매고 앉았다 일어섰다를 반복하면서 줄 끝에 다다르면 잠시 호흡을 가다듬고 지켜보는 관객과 대화를 한다. 한 동작이 끝나고 다른 동작으로 넘어갈 때마다 조금씩 어려워지기 때문에 스스로 마음을 다잡아 보는 것은 아닐까.

줄타기에서 보여 주는 것은 기술뿐만이 아니라 그 당시 사회상과 민중의 마음을 몸짓으로 대변(代辯)하고 거기에 사이사이 재담까지 곁들여 주니 보는 재미가 더 있다. 동작을 하기 전에는 관중을 향해 추임새를 곁들이기도 한다. 줄타기를 '어름'이라 하는 것은 얼음 위를 걷는 것처럼 어렵다는 뜻이다.

외줄에서 그가 잡고 있는 생명줄은 오직 쥘부채 하나뿐이다. 그

부채를 폈다가 접으며 바람을 맞고 중심을 잡는다. 마치 하얀 돛배 하나가 지나가듯 줄을 건너간다. 부채로 몸의 균형을 잡는다는 것보다는, 마치 바람을 자기 마음대로 움직이는 묘기같이 보여 나도 모르게 손에 힘이 쥐어진다. 줄은 그의 인생이고 부채는 삶의 방향을 알려 주는 지표인 것일까. 뛰어 올랐다가 내려앉는 몸이 참 가볍다.

어릴 적, 운동 신경이 둔해서 고무줄놀이도 툭하면 넘어졌던 나였기에 명인의 줄을 타는 모습은 참으로 신기했다. 조마조마하면서 불안하고, 불안해하면서도 뛰고 걷는 모습을 놓치지 않고 본 이유는 나도 저렇게 고무줄놀이를 하고 싶었기 때문이리라. 땅 위에서 하는 줄 놀이도 어려웠는데 줄 위에서 뛰는 저 어름사니는 어찌 저리도 가벼운 것인가. 얼마나 오랜 시간을 줄과 하나가 되어야 몸의 무게를 버릴 수 있는지…. 높은 데서 떨어지는 연습을 더 많이 한 것은 아닐까.

흰옷을 입고 높이 서 있는 그의 모습에 어머니가 있다. 갑작스러운 아버지의 부재로 우리들 다섯을 데리고 탔던 외줄은 얼마나 위태로웠을까. 언제 떨어질지 몰라 안절부절못하였겠지만 우리에게는 약한 모습을 보이지 않으셨던 어머니. 그 손에 쥐어 있는 쥘부채 하나로 힘든 줄타기를 하면서 견디어 낸 것은 이겨낼 수 있다는 믿음이 하나가 되어 서로를 응원했기 때문이었을 것이다. 매듭이 지어진 곳을 지날 때나, 비바람이 몰아칠 때마다 용기를 불어넣어 주었던 분도 어머니였다.

처음에는 쉬운 동작으로 시작해서 갈수록 어려운 묘기를 보여 준다. 마지막으로 보여 주는 '살판'이라고 하는 동작은 줄 위를 걷다가 갑자기 몸을 뒤로 날려 공중회전을 한 다음 다시 줄 위에 사뿐히 내려앉는 동작으로 보는 사람으로 하여금 손에 땀을 쥐게 한다. 이 동작은 기량이 뛰어난 사람이 주로 한다는데 줄타기 중에서도 숙달된 재능과 고도의 집중력이 요구되는 위험한 곡예이기 때문이다. 관객들 모두 숨을 죽이고 보고 있다가 그가 사뿐히 내려앉자 응원과 환호의 박수를 보낸다.

"줄만 잘 타면 빨리 성공하고 출세할 수 있다고 해서 아홉 살 때부터 줄에 올라 38년째 줄을 타고 있지만 별 볼일 없고, 매번 엉덩이가 터지고 줄광대라고 손가락질이나 당하고…." 명인의 이 말은 오랜 세월의 고통과 아픔을 말해 주고 있지만 행복한 순간은 바로 줄 위에 있을 때라고 말하는 모습이 얼마나 당당하던지, 그의 눈빛이 말해 주고 있었다. 줄은 곧 명인 자신의 일부였기 때문일 것이다.

줄타기는 내 길과도 닮아 있다. 조심조심 걸어가야 하는 길, 급한 마음에 뛰어가야 할 길도 있었다. 원하는 곳까지 올라가 좋아하다가 갑자기 부는 바람에 아래로 떨어지기도 했다. 하지만 어려웠던 시절 어머니와 함께 올랐던 형제들과의 외줄은 얇고 가는 줄이 아니고 굵은 동아줄이었던 것이리라. 그 안에는 어머니의 한숨을 담은 콧노래와, 형제들과의 눈물과 웃음이 서로의 노래가 되어 행복했던 시간이었음을 명인의 말을 통해서 이제야 깨달았다.

주저앉았다 일어서고 멈추었다 뛰어가기를 반복했던 그 시간들이….

와우산로를 떠나며

정경순

　짐을 싸야 하는데 일이 손에 잡히지 않는다. 집이 나가지 않아 마음고생을 했건만, 막상 계약이 되고 나니 생각이 많아진다. 마음이 왜 이리 무거울까.

　어느 날 눈 떠 보니 다른 집에 와 있었다. 남편과 아들딸의 동선에서 교집합쯤 되는 와우산 자락으로 몰아치듯 그때 그렇게 이사하지 않았더라면, 고향 같은 동네를 떠나오기가 쉽지 않았을 것이다.

　일거리를 쌓아 놓은 채 강아지를 데리고 나왔다. 목줄을 잡고는 있지만 내가 끌려가고 있다. 아파트 단지를 벗어나 횡단보도를 건너니 더 힘껏 잡아끈다. 이틀이 멀다 하고 드나들던 곳인데, 일부러 찾아오지 않는다면 앞으로는 오기 힘들 것이다. 소소한 것까지 눈에 담아두어야지, 싶어 유심히 들여다본다.

　하루 이틀 사흘…, 집 밖에 나서도 알아보는 사람이 없었다. 외딴곳에 홀로 떨어진 듯, 옆집 사람조차 부딪치지 않아서 우리 층에는 달랑 우리 식구만 사는 느낌이었다. 지나가는 길에 들렀다면서 갑작스레 방문하는 이도 있을 리 없다. 멀어졌다 한들 한 시간 남짓이면 닿을 수 있는 거리, 이십 년 가까이 복닥복닥 이웃하며 살던 사람들은 언제 놀러 올 거냐며 전화가 빈번했지만, 나는 유배지에 온 듯한 기분이 왠지 싫지 않았다. 그 고요가 주는 평안은 무엇이었을까.

주위를 돌아보느라 그동안 쉴 수 없었기에 휴식과 충전이 필요했을지도 모른다. 나를 위해 언제 시간을 써 보았는지 기억조차 가물가물했다. 그러나 이곳에선 비어 있는 시간이 오롯이 나의 것이다. 현관문을 나서면 길목에서 신선한 에너지를 받는다. 걷는 것을 싫어해서 가까운 거리도 차로 움직였던 내가 이색적인 분위기가 좋다며 걷고 또 걸었다. 횡단보도를 물밀듯이 건너는 인파에서는 막 경적을 울린 후 바퀴를 굴리기 시작하는 기차의 동력이 느껴진다. 미로처럼 이어지는 골목, 온갖 것을 팔고 사는 현장은 경쾌하고 재미있다. 푸릇푸릇 생명력이 느껴지는 거리에서 삼십 년쯤 전으로 돌아간 듯한 착각이 즐거웠고, 외국 어디쯤 고립된 듯 낯선 곳에서의 자유가 참 좋았다.

아이들이 크고 여유가 생기면 해야지, 하며 묻어 두었던 것들을 곰실곰실 찾아 하기 시작했다. 글 쓰는 모임에 나가다 보니 다른 이들의 글 사이에 내 글도 실렸고 어쭙잖은 글을 낯 뜨거운 줄 모르고 책으로 내기도 했다. 젊은이들 틈에 끼여 얘기하다 보니 자식 또래의 외국인 청년들과도 친구가 되었으며, 영어가 늘어서가 아니라 순전히 배짱만 늘어서 혼자 여행을 떠나기도 했다.

시험이 임박하면 도서관에 가기보다 카페에서 밤늦도록 공부하는 요즘 아이들의 행태를 얼마나 우려했던가. 그러나 아들딸을 따라서 몇 번 다녀본 후에는 나도 그 문화의 일원이 되었다. 한 쪽 벽면이 다채로운 아줄레주로 되어 있어서 마치 포르투갈 같기도 하고, 사방에 데이비드 호크니의 그림을 붙여 놓아서 영국을 추억하게 했던 커피숍. 긴 나무 탁자를 차지하고 네댓 시간을 앉아 있어도 아무도 눈치 주지 않았던 그곳에서 사진을 정리하고 글을 썼다. 거기서 나의 여행책이 탄생했다. 집에서는 일이 먼저 눈에 들어와 집중하기도 어려웠지만, 그보다는 특별한 공간에서 혼자만의 시간을 만끽하고 싶었을 것이다.

저렴하게 즐길 수 있는 입의 호사는 또 얼마나 즐거웠던가. 직접 셈하고 맛보지 않았다면 젊은이들의 외식 문화가 무절제하다며 기성세대의 고루한 시각으로 바라보았을 것이다. 방종하는 듯 보이나 나름의 절제와 질서가 있으며, 열정을 가지고 숨 가쁘게 살아가는 모습이 얼마나 예뻤는지 모른다. 나의 오십 대는 그들과 더불어 행복했다.

사람들이 한 번쯤 와 보고 싶어 하는 동네, 우리나라를 방문하는 외국인이라면 꼭 들렀다 간다는 거리…, 오가며 주고받은 눈인사가 반가웠다. 조금만 바지런을 떨면 무료로 볼 수 있는 문화 행사와 주말이면 인파 속에서 이루어지는 거리 공연. 웃음 가득한 표정들이 영상처럼 또렷하다. 사람들이 시간 내어 찾아오는 곳이 내가 사는 아파트와 맞닿아 있었기에 누릴 수 있는 행운이었다. 그렇지 않았다면 나에게는 영영 모르는 세계로 묻혀 있었을 것이다.

몇 년 전만 해도 공터와 낡은 집과 철길의 흔적이 뒤섞여 있었는데, 원래의 이름을 되찾고 책과 만나 '경의선 책거리'라는 새 이름이 생겼다. 기차간 모양의 건물들이 듬성듬성 들어서고 사람들이 모여드는 출판문화 공간이 되기까지, 그 과정을 가까이에서 지켜보다가 어느새 나의 산책로가 되었다. 무심히 지나쳤던 문구가 오늘따라 새롭다. '어제는 보람 있는 하루였다. 글 쓰고 산책하고 책을 읽었다.' 버지니아 울프의 일기 중 한 대목이라며 건물 벽에 붙여 놓은 글 앞에 한참 서 있었다. 그녀의 말대로라면 나도 보람 있는 시간을 보냈구나 생각하며 빙긋 웃었다. 적어도 이곳 마포에서 보낸 지난 오 년간은 말이다.

그 사이 옛사람들과의 심리적인 거리가 멀어졌을지도 모른다. 그러나 마음 한편에 있던 나의 목소리를 들었다. 감정, 느낌이 바로 '자기 자신'이라는 누군가의 말을 빌리자면, 나 자신으로 살았던 시간이었다. 참으로 감사하다. 세월이 흘러 어느 날, 이곳에서 보낸 시간들이 문득 떠오를는지 모른다. 내 인생의 찬란한 소풍이었노라, 회상하며 그리워할 것이다.

어쩌면 이제 가벼운 마음으로 짐을 쌀 수 있지 않을까. 또 다른 소풍이 나를 기다리고 있을 테니까.

끈

이정철

전시실에 들어서면서 그 그림부터 찾았다. 마지막 방에 그 대작이 걸려 있었다. 처음에는 멀찍이 서서 보다가 나도 모르게 가까이 다가갔다. 산을 배경으로 초가를 얹은 여염집들이 모여 있고 듬성듬성 기와집도 한 자리 차지하고 있다. 그 사이사이 길과 논에는 매우 작게 사람들이 그려져 생동감을 더해 주고 있다.

지난해 국립중앙박물관에서 한국 근대 서화의 거장인 심전(心田) 안중식(安中植)의 백 주기 특별전이 있었다. 이 화가에 대해 나는 전혀 몰랐다. 단지 관심이 갔던 이유는 1915년에 그린 한 점 그림에 관한 인터넷 기사 때문이었다.

그 기사를 보면서 머릿속에서는 가 본 지 오래된 어릴 적 내 고향 마을이 그려졌다. 신작로에서 갈라진 좁은 길을 따라 고만고만한 살림집 20여 가구가 줄지어 있다. 그 앞으로는 모양도 제각각인 조그마한 논들이 펼쳐진다. 큰아버지 집은 제일 안쪽에 자리하고 있으며 뒤쪽 나지막한 산에는 조상님들이 계신다. 전체 분위기가 한적한 작은 마을이다.

큰집 안채는 원래 초가집으로 할아버지가 지으셨다 한다. 내가 태어난 곳은 그 집 문간방이었는데, 태어난 지 3개월 후에 부모님은 독립해 서울로 이사를 했다. 몇 해 전에 돌아가신 큰아버지가 부속채도 만들고 안채를 고쳐 가며 평생을 그 집에서 사셨지만 낡고 허름한 농가는 지금도 그대로 있다. 아버지께도 어린 시절부터 내가 태어날 때까지 기거했던 집이라 남다른 감회가 있는 집이다.

내 고향은 굴비로 유명한 전라남도 영광이다. 예전에는 교통도 안 좋고 꽤 멀어 자주 가지를 못했다. 지금도 겨우 집안 애경사나 있을 때 내려가는 것이 고작이다. 둘째였던 아버지가 일찍 돌아가셔서 더더욱 무덤덤해지고 마음에서마저 먼 곳이 되어 버렸다.

그런데 전시회 기사를 통해서 내 고향을 다시 만난 것이다. 〈영광 풍경〉이라는 작품은 내가 태어난 곳과는 사뭇 다른 분위기이지만 왠지 친밀하게 다가왔다. 넘실거리는 수많은 지붕들이 무척이나 인상 깊었다. 게다가 그림 상단의 긴 문장 내용이 궁금하던 차에 해설사의 설명을 듣게 되었다. 외지인인 작가가 영광을 40여 일 동안 여행하면서 느낀 것을 한시로 예찬한 글이라 했다.

나의 원 뿌리는 그곳이지만 어릴 적 아버지와 갔던 내 고향 집과 나이 들어서 애경사 때문에 찾은 장소 외에는 가 본 곳이 없다. 다른 동네들이 궁금해졌다. 먼저 그림에 나오는 곳을 지도로 찾아보았다. 고향에서 차로 20분쯤 되는 거리에 있는 '영광예술의전당'과 '우산근린공원' 근방인 듯하다.

내가 한창 사회생활을 할 때 집안의 어른들은 고향 유지들이 누구누구이신지를 열심히 일러 주셨다. 그때는 그저 듣기만 하고 흘려보냈다. 그러나 요양원에 계시는 어머니를 찾아뵐 때면 고향 생각이 난다. 세월이 많이 흐르고서야 고향이라는 끈이 나에게 어떤 의미가 있는지 생각하게 된 것이다.

부모님은 서로 이웃한 곳에서 사셨다. 어머니 마을은 비린내 나는 해안가이고, 아버지네 마을은 전형적인 농촌이었다. 어머니는 나에게 조기를 손질해서 말리는 광경이며, 어떤 삶을 사셨는지를 종종 이야기해 주셨다. 아버지는 어떻게 만났고 얼마나 어려운 생활을 했는지도 서러움이 섞인 말로 내뱉곤 하셨다.

나에게는 고향에 대한 별다른 추억이 없다. 그러니 되살아날 향기도 없는 줄 알았다. 그런데 나의 영원한 끈인 그분들의 삶 속에서, 고향은 내게로 이어져 내려오고 있었던 것이다.

당신들은 고향에서 삶이 고단해 서울로 올라왔지만 마지막 꿈은 고향에서 사시는 것이었다. 그 꿈을 이루지 못하고 나에게 기억으로 남겨 주셨다. 이런저런 생각에 내 마음 한편이 허하다. 고향은 부모님을 향한 그리움이 되고 말았으니….

이제는 이따금 기억들로 그곳을 더듬고 있다. 본향은 나에게도 부모님처럼 영원한 곳이다. 또 나의 존재의 끈이고 살아오면서 마음에 삶의 흔적을 만들어 주는 고리다. 생명력이 깊이 느껴진다. 내 마음에 그리운 정으로 심어진 씨앗이 이제야 싹이 트려 하는 것이다. 나를 순수한 마음으로 돌아가는 마법을 키우는 중이다.

지난 시간의 그리움과 앞으로 그려질 나날 속에서 나의 고향 그곳은, 나에게도 마음의 안식처가 되어 흐를 것이다.

화

이봉우

우리는 화를 참지 못해 일어나는 어이없는 사건들에 관한 뉴스를 종종 접하곤 한다.

어느 해인가 추석 연휴, 정박 중인 선박의 한 선원이 "추석 떡값이 적다."며 불을 질러 1억 원 상당의 재산 피해가 났다는 기사를 본 적이 있다. 이 사건은 '전형적인 한국형 분노 폭발 범죄'라고 한다. 검색 창에서 '홧김에'라는 단어를 치면 각종의 우발적 분노 폭발 범죄 사례가 쏟아져 나온다. 이로 인해 얼마나 많은 사회적 비용을 지불하고 있는지 모른다.

화(禍)를 참으면 병이 되고 적당히 터뜨리면 화가 풀린다고들 하지만, 나는 그 말에 동의하지 않는다. 화풀이를 한 후 더 가까운 사이로 발전하는 경우가 설사 있다고 하더라도 화는 어떤 경우를 막론하고 백해무익할 뿐이다. 특히 요즘같이 갈등이 심한 사회에서 살아가는 우리들 주위에는 눈만 뜨면 화나는 일이 한두 가지가 아니다. 그런데 그 화는 외부에서 나를 자극해서 일어나는 건 맞지만, 그 화가 일어나는 순간 내가 이성적으로 대처할 겨를도 없이 불쑥 폭발하는 데 문제가 있다. 그래서 화는 빨리 잠재우는 게 상책이다. 방법은 상대방이 나를 화나게 하는 그 어떤 언동에도 대꾸하지 말고 피하면 화는 사라진다. 즉 화는 참으면 피할 수 있다는 말이다.

며칠 전 부부 동반 식사 모임에서 화를 참지 못한 두 회원 간의 언쟁으로 이십여 년 된 모임이 결국 해체되고 말았다. 문제는 그것으로 끝나지 않았다. 두 사람이 소속된 다른 모임까지 깨지게 되었다. 풀리지 않은 화는 회원들의 중재에도 불구하고 끝내 독(毒)이 되고 만 것이다.

어느 독서회 모임에서 화를 주제로 대화를 나눈 적이 있었다. 한 부인이 남편과 싸운 얘기를 꺼내자 동석한 부인들이 부부싸움했던 자신들의 이야기를 거침없이 털어놓았다. 이들 부부싸움의 공통점은 모두가 사소한 일로 의견 충돌이 시작되면서 별것 아닌 것 가지고 순간의 화가 큰 싸움으로 번진다는 것이었다. 여기서 간과해서는 안 될 중요한 사실은 싸우고 난 후에는 부부 모두가 후회한다는 것이다. '아, 내가 참을걸, 바보같이 내가 왜 그랬을까' 하고. 아무리 부부싸움은 칼로 물 베기라고 하지만 부부싸움이 잦다 보면 언젠가는 이혼으로 발전할 수도 있다는 데 부부싸움의 위험성이 있다. 많은 이혼 부부들이 한두 번 싸웠다고 해서 이혼하지는 않을 것이다.

불교에서는 화를 불[火]에 비유한다. 화는 공덕의 무더기를 태워 버리는 불과 같은 것이라는 것이다. 그러나 불의 기술로 창조해 내는 유리 공예품이나 도자기처럼 불은 다루기에 따라 전혀 다른 모습으로 나타나기도 한다. 그런 면에서 화도 불과 다르지 않다. 화를 지혜롭게 다루면 적어도 파멸의 길만은 피할 수 있다.

탐(貪)·진(嗔)·치(痴)를 삼독(三毒)이라고 한다. 탐욕과 성냄 그리고 어리석음은 독이라는 뜻이다. 이 삼독 중 탐욕과 어리석음에서 벗어나는 데는 많은 시간과 인내와 노력이 필요하지만 화는 좀 다르다. 심리학자에 의하면 인간은 화가 나면 잠깐 멈추고 생각한다음, 다음 행동을 선택할 능력이 있지만, 동물들은 분노하면 참지 못하고 즉각 반응한다고 하는 것을 보아도 알 수 있다. 이 말은 화를 다스릴 수 있다는 것이다. 홧김에 기물을 부수고, 불 지르고, 심지어 자신의 목숨은 물론 고귀한 타인의 생명까지도 해치는 등, 화야말로 치유하지 않으면 안 되는 무서운 병이다. 화는 상대를 인정하지 않는 데서 생긴다. 따라서 모든 사람은 생각이 다름을 인정해야 한다. 그래야만 개인 간의 갈등이 현저하게 줄어들 것이고 남에게 화내는 일도, 싸울 일도 없을 것이다.

사실 이와 같은 화는 실체가 없다. 물거품 같고, 허깨비와 같아서 시간과 함께 사라지는 것이 화이다. 그래서일까, 전문의에 의하면 상대방의 '분노가 폭발하기' 직전이면 15분만 대화하지 말고 피하라고 권고한다. 그 이유는 욱하고 화가 날 때 급상승하는 분노 호르몬은 15초쯤에 정점을 찍고 조금씩 분해되기 시작해 15분이 지나면 거의 사라지지만, 인간의 뇌 기능 중 감정 조절 기능이 순간적으로 마비되면 분노가 제어되지 않고 충동적인 행동으로 나타나기 때문이라고 한다. 이와 같이 화는 마음이 만들어 내는 것이다. 일체유심조(一切唯心造)라고 하지 않던가.

불이 나면 소방대원들이 물로 불을 끄지만, 자신의 마음속 불은 다른 사람이 끌 수가 없다. 자신이 끄지 않으면 안 된다. 마음속 화를 끄는 소화기는 오직 참을 인(忍) 자(字)뿐이란 것을 명심해야 한다.

오십에 지천명(知天命)이라고 하는데, 나는 화가 독이라는 것을 겨우 희수(稀壽)에 접어들어서야 깨달았다.

참는 자에게 복이 있다고 한다.

어머니의 노래

박초지

눈부시게 파란 가을 하늘을 바라보면 나는 눈물이 날 것만 같다. 삼십여 년 전 이맘때 추석을 며칠 앞두고 갑작스럽게 어머니가 돌아가셨기 때문이다.

얼마 전 내가 자라고 유년의 꿈을 키웠던 옛집을 찾아갔다. 재개발 구역이라 조금 있으면 집이 헐리게 된다는 소식을 듣고 아쉬움에 마지막으로 찾은 것이다. 그런데 그곳은 이미 예전의 동네가 아니었다. 옛날에 옹기종기 모여 마을을 이루었던 집들은 흔적도 없이 사라졌고, 아이들이 뛰놀던 골목길은 죽 뻗은 신작로가 되어 있었다.

다행스럽게도 우리가 살던 집은 빛바랜 기와지붕과 벽돌담을 타고 오른 담쟁이넝쿨만이 옛 정취를 자아내고 있다. 녹슨 철문이 비스듬히 열린 대문 앞을 서성이는데, 집주인인 듯한 할머니께서 나에게 무슨 일이냐고 물으신다. 순간 당황하여 오래전에 살던 사람이라고, 자초지종을 말씀드리는데 어렴풋하게 생각이 나는지 "혹시 그 집 큰딸인가?" 하시며 어서 들어가자고 반갑게 맞아 주었다.

대청마루엔 여전히 네모진 굵은 기둥이 버티어 서 있고 마루 쪽 문으로 보이는 뒤란이 지금도 제법 넓어 보인다. 안방 뒤에는 뒷마루가 있었는데 긴 세월을 뛰어넘은 정겨운 그 자리가 아직 그대로 있었다. 순간 어머니의 모습을 보는 듯 가슴 깊은 곳에서 목젖까지 싸하게 아려 온다. 거기는 어머니의 추억이 서려 있는 곳이다. 대가(大家)를 이루었던 큰살림의 대소사를 어우르며, 힘든 가운데서도 항상 활달하셨던 어머니의 얼굴에 언제부터인지 어두운 그림자가 드리워졌다. 영문은 알 수 없었으나 고뇌하는 기색이 역력했다. 지금 생각해 보면 그즈음 아버지의 사업이 기울기 시작한 전조였던 것이다. 정신적으로 얼마나 힘겹고 버거운 나날이었을까 싶다.

당시에 어머니는 뒷마루에 걸터앉아서 어린 내가 듣기에도 구슬픈 가락의 노래를 절절하게 부르셨다. 그럴 적마다 곁에서 어머니 노래를 듣곤 했다. 무엇 때문인지도 모르면서 그저 어머니의 마음이 슬프구나 하며 눈물이 나오려는 것을 애써 참은 기억이 떠오른다.

어머니는 일제 강점기에 일본에서 사셨다. 해방을 맞아 가슴 벅찬 기쁨을 안고 그토록 그리던 조국으로 돌아오셨다고 한다. 이제 외로움과 괴로움은 끝이 났다 생각했는데, 기대와는 달리 여러모로 무척 힘드셨다고 했다. 고향이라고는 해도 몇십 년 만에 돌아와 생활한다는 게 그리 녹록지만은 않으셨던 것 같다. 하지만 워낙에 성품이 좋은 분이라 매사를 긍정적으로 받아들이셨기에 그만큼 가세(家勢)를 일궈 가셨다.

어쩌다 어머니를 찾아 뒤란에 나가면 뒷마루에 앉아 유성기에서 흘러나오는 〈고원의 여수(高原の旅愁 고겐노료슈)〉를 듣고 계셨다. 이 노래는 1940년에 이토 히사오(伊藤久男)가 발표했는데, 노래를 부른 가수는 어머니와 같은 연배로 이성적이고 양심적인 일본 사람이라고 어머니께서는 종종 말씀하셨다.

그는 매우 인기 있는 가수였으나 종전 후 태평양 전쟁 중에 전시 가요(군가)를 많이 부른 자책감에 괴로워하다가 결국 술에 빠져 버렸다. 그렇지만 어려움을 극복하고 다행스럽게도 재기에 성공하여 다시 무대로 돌아왔다고 한다.

어머니가 이 노래를 좋아하는 까닭은 곡조와 노랫말이 당신이 처해 있는 형편과 비슷하여 감회가 남다르지 않기 때문이었다. 어머니께서 우리말로 번역하여 들려주신 가사를 적어 본다.

그 옛날의 꿈이 그리워 찾아온/ '시나노'* 길의 산이여 강이여/ 그리고 숲이여/ 모두 옛날 그대로이건만/ 어이해 그대만 보이지 않나// 소녀의 가슴에 살며시 다가오는/ 쓸쓸한 뻐꾸기 울음소리/ 그대의 목소리인가/ 다가서니 사라지고/ 차가운 바위 그늘에/ 맑은 물이 졸졸 샘솟고 있네// 지난날 꿈이라고 생각하면서/ 산길을 내려오니/ 살랑살랑 고개 넘어/ 불어오는 산들바람/ 가슴에 다정하게 그리운/ 내일의 희망을 속삭이네

어머니는 언제나 이 노래를 즐겨 부르셨다. 나는 뜻도 모르면서

곧잘 따라 불렀다. 어느덧 세월이 흘러 어머니의 그 자리에 서 보니 어머니의 인생이 참으로 고달프셨으리라 여겨진다.

절망하고 실의에 빠졌을 때도 내색하지 않으시고, 아무도 없는 뒷마루에 홀로 앉아 애절하게 노래를 부르시던 어머니. 남의 땅에서 차별과 설움을, 이곳에서는 누구도 감당하기 어려운 고단한 삶의 짐을 지셨던 어머니. 어려서는 잘 몰랐다. 오랜 세월이 지난 뒤에야 이윽고 어머니의 아픈 일생을 바라볼 수 있었다.

지금도 가슴 깊은 곳에서 아련히 피어오르는 그리운 어머니의 노래 〈고원의 여수〉, 내겐 누를 수 없는 애틋함이 그늘처럼 내려앉아 오래도록 지워지지 않는다.

*시나노(信濃): 나가노현의 옛 이름.

빨간 의자

서길원

어둠이 채 가시지도 않았는데 일어나 쓰레기를 챙긴다. 분리수거를 하는 날이지만, 그보다는 잠 못 이룬 밤이 길었던 탓이다. 몸이 불편해 뒤척이는 밤을 보낼 때면 나이가 드느라 그런가 보다 했다. 불면이 허리의 이상을 알리는 신호였다는 건 근래 병원에 다니며 알게 되었다.

쓰레기를 들고 걸어서 계단을 내려간다. 우리 아파트는 요즘 순차적으로 승강기를 교체하는 중이다. 하필이면 허리에 문제가 생길 즈음 집 앞 승강기 차례가 되었다. 평상시라면 몰라도 장이라도 봐 올 때는 어떻게 해야 하나 걱정이 앞섰다. 누구는 공사가 끝날 때까지 딸네 집에 가 있기도 한다는데…. 내 염려는 아랑곳없이 공사는 시작되었다. 그런데 그날, 빨간 의자를 보았다. 세 개 층을 오르면 하나씩 놓인 그 의자는 힘들면 쉬어가라는 시공 회사 측의 배려였다. 소리 없이 다가온 따스함에 걱정이 녹아내리며, 계단을 오르는 일이 그리 힘들 것 같지 않게 느껴졌다.

가끔은 나도 올라오는 길에 빨간 의자에 앉아 보았다. 의자에 앉으면, 눈길 한 번 준 일 없던 계단 밖 풍경을 자연스레 보게 된다. 계단 사이로 난 창이 그렇게 너른지 처음 알았다. 새삼스럽게 사람 살이 희로애락을 창 너머로 바라본다. 노랑 버스를 기다리는 유치원 아이를 미소로 지켜보고, 어린이집에서 돌아오는 아가의 발걸음에 어미의 심정을 실어 안도하기도 한다. 계절은 창밖 어느 쪽을 보아도 무성한 초록, 나무처럼 아이들은 쑥쑥 자랄 것이다.

어둠이 가시지 않아서인지 쓰레기를 버리러 나온 사람은 눈에 띄지 않는다. 분리수거하는 날 산처럼 쌓이는 쓰레기 더미를 보면 사람들은 오직 쓰레기를 만들어 내기 위해 사는 것 같다. 내려온 김에 잠시 걷기로 한다. 가까이 있는 학교 쪽으로 발길을 옮긴다. 아들의 학업 때문에 한동안 서울 살이 하러 가기 전에는 자주 와 걷던 곳이다. 그때는 전국적으로 걷기 운동 열풍이어서 저녁이면 거의 매일이다시피 가서 걸었다. 사회 공원화 사업이라는 이름으로 정부에서 권장하기는 했어도, 지역 주민에게 그렇게 학교 문을 열어 주는 것이 얼마나 고마웠는지 모른다. 그런데 몇 년 후 돌아와 본 학교는 예전의 그곳이 아닌 듯 정문 후문 모두 꼭꼭 잠겨 있었다. 운동장은 가운데만 번하고 가장자리에는 풀이 다문다문 자라 있었다.

가끔 학교 쪽으로 지나다닐 때면 예전의 반질반질하던 운동장을 떠올렸다. 코로나까지 번지자 학교 운동장은 동토가 되고 말았다. 학교 시설의 개방 여부는 학교장 재량이라 하니 생각은 제멋대로 날개를 단다. 말썽 있을 일은 아예 피하는 욕심쟁이 배불뚝이 남자

교장 선생님을 상상해 보고, 손해가 따를 일은 조금도 하지 않으려는 뾰족한 얼굴의 여자 교장 선생님도 그려 본다. 교문을 닫아 건 것에 대한 분풀이 삼아 이런저런 생각을 하며 지나다녔다. 교육자의 품성이 넉넉해야 아이들이 잘 자랄 텐데, 더러 주제 넘는 생각도 했다.

운동장이 훤히 들여다보이는 학교 담장에 이르렀다. 어스름 속에 왠지 학교가 어수선하다. 평소에 닫아 두었던 후문도 열려 있다. 담장 안쪽에 베어낸 채 미처 정리하지 못하고 여기저기 널려 있는 나뭇가지들이 보인다. 운동장을 다시 한 번 둘러본다. 가장자리를 따라 간격 맞춰 서 있는 나무며 본관 앞 화단의 관목까지, 교내의 나무가 모두 보기 좋게 다듬어져 있다. 새 교장 선생님이 부임한 걸까. 학교의 변화가 반가웠다. 단정하게 가지치기를 한 나무들이 밝아 오는 햇살 아래 점차 자태를 드러낸다.

이른 시간에 나와 운동장을 걷는 이가 눈에 띤다. 일정한 간격을 두고 나도 비슷한 보폭으로 걷는다. 담장 밖으로 밝은색 하복 차림의 남자가 지나간다. 발걸음이 가볍다. 새벽부터 즐거운 일이 있나 보다. 이제 막 은퇴했을 초로의 나이, 그렇지 않고 출근길이라면 그것 또한 고마운 일 아니겠는가. 걸음걸이에 탄력이 붙자 허리의 안녕을 위해 의사가 알려준 대로 가슴을 펴고 걸어 본다. 운동장을 몇 바퀴 돈 후 철봉대 아래에 섰다. 얼마 만에 이 자리에 서 보는 건가. 두 손으로 허리를 지그시 누르며 고개를 젖혀 하늘을 본다.

본관 건물 위로 하늘이 파랗게 밝아 온다. 건너편 아파트의 동과

동 사이로 해그림자가 낮게 깔린다. 소리도 없이 하늘에 비행기가 나타났다. 어린 시절, 쌕쌕이가 지나가면 그 모습이 다 사라질 때까지 멈춰 서서 하늘을 가로지르는 비행운을 목이 아프도록 쳐다보았다. 때로 저녁 하늘에 깜빡이던 비행기의 불빛은 아련한 환상의 세계로 아이들을 데려가기도 했다. 느닷없이 나무 사이로 까마귀가 날며 길게 운다. 하루의 시작을 알리는 소리인가. 그 사이로 까악 깍 까치 소리가 짧게 섞여 든다.

집 앞까지 배달되던 신문이 우편함에 꽂혀 있다. 신문을 빼어들고 계단을 오른다. 계단 짬에 놓인 빨간 의자를 정겨운 눈길로 바라본다. 승강기 공사 기간 한 달, 그 기간이 지나면 빨간 의자와도 이별이다. 끊임없이 쓰레기를 만들어 내는 것이 사람의 일이라면, 조용히 빨간 의자를 놓아두는 것 역시 사람이 하는 일이다. 다시 하루가 시작되었다.

반세기 만에 얻어낸 화답

김한석

　우리나라를 찾은 재미교포에게 고국에 온 소감을 물었더니 엉뚱하게도 화장실이 엄청 좋아졌다며 감탄해 마지않았다. 눈부시게 변한 것이 한두 가지가 아닌데, 기껏 화장실 이야기냐 싶어 다소 어리둥절했다. 하지만 곰곰이 새겨 보니 그분에게는 크게 마음에 와닿는 뭔가 있어서일 것이란 생각이 들면서 불현듯 옛 시절의 에피소드 하나가 떠올랐다.

　중고등학교 때, 나는 국민계몽 웅변대회에 참가하여 "국민 여러분! 한 국가의 문화 수준을 알려면 그 나라의 공중변소를 보라고 했습니다.… 지금 우리의 형편이 이러하니 언제쯤이면 문화 국민으로서의 변소를 갖추게 될까요?"라며 '청결'을 강조한 적이 있었다.

　당시 우리나라는 후진국 중에서도 거의 꼴찌였으니, 공중화장실의 실상이야 말할 나위도 없었다. 오수가 흘러넘쳐 발을 들여놓을 수 없었고 냄새가 코를 찔렀다. 얼굴을 찌푸리며 화장실에 들어갔다가 제대로 용무를 보지 못한 채 서둘러 빠져나오곤 했다. 그나마 공중화장실이 없는 곳에서는 노상방뇨(路上放尿)마저 서슴지 않았으니 으슥한 곳을 거닐다가 낭패를 당하는 경우도 허다했다.

언젠가 산동네에 살던 지인이 술 한잔하면 신세타령처럼 하는 말이 있었는데, 화장실에 관한 이야기였다. 집집마다 식구들은 북적거리는데 다닥다닥 붙은 판잣집이다 보니 많은 세대가 화장실을 갖지 못한 실정이었다. 그러니 아침이면 공동변소 앞에 긴 줄이 늘어선다. 미리 선 가족 옆으로 다가가 끼려다 뒷사람과 옥신각신 실랑이가 벌어지기 일쑤다. 배탈 난 사람이 급해 발을 동동 구르며 하소연해도 요지부동. 결국 선 채로 실례해 버린다고 한다. 더욱 난처한 것은 변소에 들어가 있는 사람에게 빨리 나오라며 윽박지르는 통에 나오던 변이 도로 들어갈 지경이라니.

삶이 팍팍하니 한 치의 양보도 마음의 여유도 없었던 그들. 어디 대놓고 하소연할 곳도 없어 눈앞에 보이는 애먼 이웃에 한풀이하며 하루해를 보낸다는 것이다. 그토록 각박한 사람들 앞에서 '깨끗한 화장실 만들기'란 구호는 아예 남의 이야기일 수밖에 없었다.

이제는 그늘졌던 그곳에도 양지바른 아파트가 들어서 깔끔한 화장실을 갖게 되었으니 참으로 반가운 일이다. 하지만 화장실로 인하여 고생하며 그 난리를 치르던 사람들 중에는 혜택도 누리지 못하고 일찌감치 밀려난 사람이 적지 않을 것이라 생각하니 가슴이 아리다.

나는 요즘 고속도로 휴게소의 화장실을 찾았다가 눈이 휘둥그레졌다. 단지 청결해서만이 아니다. 화장실이 여러 구역으로 나뉘어져 있어 조용하고 아늑할 뿐 아니라, 자연 채광으로 중앙에 정원을 꾸며 놓고 있었다. 화장실과 꽃밭과의 만남, 그 큰 간극을 조화롭게 메우고 있는 광경은 아름다움의 극치이지 않은가. 한꺼번에 몰려드는 승객을 방방이 걸러 주고, 나와서는 꽃밭 앞에서 걸음을 멈추게 하는 배려야말로 인간의 고귀함과 사람에 대한 존엄을 확인시켜 주는 것이어서 마음이 흡족했다.

북한산 국립 공원에도 주변 자연과 잘 어우러진 목재 건물 안으로 들어서면 바로 경쾌한 멜로디가 흘러나온다. 이제는 화장실이 단순히 깨끗하고 쾌적해야 한다는 개념을 넘어 격조 높은 문화 공간으로 자리 잡고 있음을 말해 주고 있다.

아프리카 대륙에서는 아직도 많은 사람들이 야외나 노출된 공간에서 거리낌 없이 용변을 본다. 특히 이슬람 국가 가운데는 공중화장실이 없는 곳이 많아 남성들의 용변에도 불편이 이만저만이 아니다. 그러니 부르카로 얼굴을 가리고 다니는 무슬림 여성들은 얼마나 곤욕스러울까.

불과 몇 년 전만 해도 중국의 화장실은 칸막이라는 게 낮은 문턱일 뿐, 앞문은 아예 달려 있지도 않아 당황스럽기 그지없었다. 나는 황망히 발길을 돌렸으나 현지인들은 태연스럽게 앉아 옆 사람과 이야기를 나누며 긴 용변 시간을 보낸다니 참으로 신기하게 느껴졌다. 단순히 문화적인 차이에 불과한 것일까. 후진 국가에서는 화장실이야말로 조속히 해결해야 할 과제가 아닐 수 없다.

우리도 옛날에는 화장실이 열악하기 그지없었다. 지금은 이토록 아름다운 공간에서 클래식 음악을 들으며 쾌적하게 사용할 수 있으니 이런 호사를 감히 상상이나 하였으랴. 그야말로 상전벽해(桑田碧海)가 아닌가.

중고등학교 시절, 나는 왜 하필 불결의 대명사인 공중화장실 문제를 거론하였을까. 그 당시 청중들은 내 웅변에 얼마만큼 공감했을까. 재미 동포의 화장실 이야기에 내가 잠시 당혹스러웠던 것처럼 무슨 뚱딴지 같은 소리냐고 속으로 퇴박이나 주지 않았는지.

하지만 다시 생각해 보면 나는 엉뚱한 이야기 속에 너무도 중요하고 절실한 문제를 제기했던 셈이다. 공중화장실이야말로 그 국가의 문화 수준을 가늠하는 척도가 아닌가.

그 옛날 내가 던진, "우리는 언제쯤이면…" 하는 물음에 대하여 한 재미 교포가 최근 어느 공식 석상에서 자신에 찬 목소리로 답해 주었다.

"지금 대한민국은 세계에서 제일 깨끗한 화장실을 가진 나라가 되었습니다."

참으로 반세기가 지나서야 얻어낸 분명한 화답이다.

2박 3일의 자유

함순자

　반복되는 일상이 짜증도 나고 때로는 지루함을 느끼는 것은 여자의 본능일까. 가구를 옮겨 보기도 하고 이유 없이 까탈도 부려 보건만 소리 없는 통제를 받는다는 생각마저 든다. 구실을 만들어 바람난 사람처럼 서둘러 집을 나섰다.

　정한 곳도 없이 떠나 잠을 잔 곳은 자주 갔던 백암이었다. 청춘도 아니면서 새벽부터 부산을 떠는 조급증은 밖이라고 예외는 아니다. 동해안 길을 따라가다가 해 지면 자고 날 새면 사람 사는 구경하면서 발길 닿는 대로 떠돌다 가야지, 집과 식구들은 아주 멀리 잊어버리자. 간섭받지 않고 눈치 볼 일도 없으며 훼방 받을 일도 없다. 새처럼 훨훨 날아 혼자만의 자유를 마음껏 누리다가 집이 그리우면 돌아가리라.

　죽변항에 닿으니 동해에 푸른 물결 빛나는 아침 찬란한 붉은 태양 새날이 밝아 온다. 송림을 따라 걷기도 하고 뛰기도 하다가 식당에 들어갔다. 잘게 채를 썬 채소와 초고추장에 물회를 버무린 조반은 바닷가에서만 즐길 수 있는 아침밥이다. 3월로 접어든 날씨는 쌀쌀한 바람에도 봄이 묻어나 상쾌하다. 조석(朝夕) 걱정 하지 않으니 이만하면 해방이다.

이 길을 따라 가면 원산 함흥 청진까지 이어질 내 나라 우리 땅인데 경계의 삼팔선 벽은 언제면 무너질까. 좁은 땅이 갑자기 더 작아 보인다. 사람은 갈 수 없어도 푸른 바닷물은 서로 부딪히며 어우러질 것이고 바다의 물고기와 공중의 새들도 남과 북이 만나 인사를 주고받을 것이다. 하늘의 구름도 서로 손 붙들고 안부를 물으며 지나가겠지. 이념이나 사상이 없는 자연이 이루어 낸 자유가 부럽다.

묵호항에 들어섰다. 해풍에 꾸덕꾸덕 알맞게 말린 오징어와 가자미, 젖은 것과 마른 것들, 없는 것이 없는 묵호항의 어물전이다. 이글거리는 연탄 화덕 석쇠 위에 왕새우와 오징어가 설설 구워지고 있다. 냄새만으로도 구미가 당긴다. 바닷물에 절로 절여진 짭조름한 냄새, 알맞게 구워진 오징어와 대하를 손으로 그냥 들고 먹는다. 재미도 있고 맛도 일품이다. 양념도 필요 없고 배어 있는 간이 입맛이다. 내게 관심 갖는 이도 없고 아는 이가 없으니 세상 편하다. 본능으로 행동해도 치사(恥事)하지도 않다. 값을 묻지 않아도 먹은 후에 계산하면 될 것 같다. 일탈이 안겨 준 멋진 자유다.

내 또래로 보이는 노점 주인이 "술은 뭐로 할까. 막걸리? 소주?" 오래 사귄 친구처럼 반말이다. 고개를 저었더니 술 없이 무슨 재미로 사는지 세상 헛산다고 눈을 흘긴다. 술 한잔에 마음 열리고 안주 한 점에 정이 오고 가는데 재미없는 여자라며 나무란다. 위선도 가식도 없는 말투에 오래 사귄 친구처럼 궁합이 맞는 것 같다.

바닷바람에 거칠어진 얼굴에는 풍상을 겪은 연륜이 수북이 쌓여 있다. 두렷한 이목구비와 복스러운 웃음, 심성도 좋아 보인다. 예쁘다는 내 말에 볼이 붉어지는 걸 보니 막일을 하고 살지만 그도 여자다. 전대를 겸한 앞치마에 큼직하게 달린 호주머니가 지폐로 불룩했으면 좋겠다.

한잔 팔고 한잔 먹는다는 여자한테 소주 한 병을 사서 잔을 채워 따라 주었다. 술을 사서 나를 주는 손님도 다 있고 오늘은 재수 좋은 날이라며 내 등을 툭 치며 친구 하잔다. 술 배워서 다시 오겠다고 했더니 관상을 보듯이 아래위를 한참을 훑어보며 술 배우기는 틀렸다며 입으로 주먹질이다.

작은 포장마차 하나가 삶의 터전인 그를 보며 이러고 다니는 내 모습이 사치스러워 가책을 받는다. 구운 오징어를 봉지에 담아 주는 손을 잡으니 더덕처럼 거칠다. 좋은 바람 불면 다시 오겠다고 인사하고 돌아서는데 "술 배워서 와." 하며 소리친다.

유구한 역사와 함께 전통문화와 신식 문화가 공존하는 강릉의 밤은 아름답다. 개성이 넘치는 카페와 모던한 커피의 거리, 안목 해변은 무리 지어 밀려오고 밀려가는 젊은 군상들의 세상이다. 이방인처럼 나만 혼자인 것이 쓸쓸하고 외롭다. 갑자기 식구들 생각이 난다.

펜션에서 밤바다를 내려다본다. 토하듯 밀려오던 파도의 외침도 조용해졌다. 갈매기의 노래도 그치고 바람도 잠들었다. 깊어서인지 넓어서인지 자연의 질서는 정적(靜寂)으로 가득하다. 순리가 자연의 법인 것처럼 참 평온하다. 미움도 없고 분쟁도 없는 유연하게 흘러가는 자연처럼 가만히 순하게 살고 싶다.

속초의 아침은 밤사이 들어온 풍어로 파시를 이룬다. 바다가 업이고 파도가 친구인 어부들의 눈은 핏발이 선 것처럼 붉다. 사람도 살아 있고 생선도 살아 있다. 상기된 사람들의 얼굴에서 밤을 새운 피로는 보이지 않는다. 싱싱한 생선을 보니 집 생각이 난다. 남편이 좋아하는 생선을 스티로폼 상자에 골라서 담고 얼음주머니를 얹으니 혼자 들기에는 버거운 무게다. 이만큼이면 당분간 찬 걱정은 하지 않겠다는 본능적인 욕심은 밥 짓는 필부(匹婦)의 자리로 돌아와 있다.

어릴 적에 보았던 손오공 만화가 생각난다. 막대기 하나를 들고 하늘을 휘젓고 날아다닌 손오공도 결국 삼장법사의 손을 벗어나지 못했다. 몸 따로 마음 따로였는지 허울은 자유로웠지만 마음은 잠시도 집과 가족들을 벗어나지 못했던 2박 3일이었다. 법을 지키고 사는 것이 자유이듯이 가정이라는 울타리가 법인가 보다.

현관에 들어서면 내 신발들이 가지런히 놓여 있고 훈기가 도는 집, 어디에 간들 내 집만 할까. 쉴 만한 물가요 푸른 초장인 나의 집으로 돌아간다.

참다운 아름다움〔美〕

한영탁

성형술이 눈부시게 발전하여 판박이 닮은 꼴 미인들이 무더기로 쏟아져 나온다.

한국의 성형외과를 찾아오는 중국 아가씨들이 줄을 잇는다. 한류 드라마에 매료되어, 〈대장금〉의 이영애, 〈태양의 후예〉의 송혜교나 다른 여럿의 우리 여배우 사진을 들고 똑같이 닮은 얼굴을 만들어 달라고 찾아온다. 우리나라의 자위를 위한 사드(高高度 요격미사일) 배치에 대한 터무니없는 앙갚음으로 중국 당국이 제 나라에서 우리 연예인의 활동을 제한하는 한한령(限韓令)을 내린다. 그래도 닮은 꼴 미인을 꿈꾸는 중국 아가씨들의 서울행은 수그러질 줄 모른다. K-드라마, K-팝의 영향으로 우리 화장품의 성가도 높아져 중국, 동남아에 이어 중앙아시아, 멀리 남미까지 인기가 높아지고 있다. K-뷰티라는 이름으로 우리 미용술, 의상 디자인도 세계로 퍼져 나간다는 반가운 소식이다.

그런데 이런 경로로 양산된 닮은꼴 미인들 덕택에 쩔쩔매며 고생하시는 분이 계신다. 저승의 문을 지키는 염라대왕이 바로 그분. 미인을 닮고 싶어 하는 여성들과 입사 면접시험에 잘 보이려고 미남자로 얼굴을 뜯어 고친 남성들이 하도 많은 바람에 염라대왕의 천당−지옥 입국 심사 업무가 밀려서 난리라고 한다. 특히 성형외과 기술이 뛰어나고 얼굴을 뜯어고치기를 즐기는 사람이 많은 한국인들의 신원 확인이 지연되어 큰일이라고 비명을 올린다고 한다. 염라대왕의 과로사가 염려된다나. 지나친 성형 수술 유행을 두고 꾸며낸 우스갯소리다.

미인과 관련된 중국 고사 하나가 생각난다. 월(越)나라가 숙적 오(吳)나라와 싸워 패망했다. 월왕 구천(句踐)이 미인 서시(西施)를 오왕 부차(夫差)에게 바친다. 미인계(美人計)다. 서시는 중국의 역대 3대 미인에 드는 절세가인(絕世佳人)이었다.

고혹적(蠱惑的)인 미모의 서시는 지병인 가슴앓이가 심해서 이따금 얼굴을 찡그릴 때가 있었다. 그럴 때 그녀의 얼굴이 형언할 수 없을 정도로 더 예뻐 보였다. 그래서 오나라 여자들은 찡그리면 예뻐지는 줄 알고, 모두 서시를 닮으려고 얼굴을 찡그리고 나다녔다고 한다. 부차는 서시의 미모에 혹해 정사를 게을리한다. 꺾인 푸나무 가지들 위에 누워 쓸개를 씹으며 와신상담(臥薪嘗膽) 괴로움과 고통을 이겨낸 구천이 복수의 기회를 틈타 오나라를 멸하고 부차를 죽인다.

미인을 닮으려고 얼굴을 찡그린 오나라 여인들 얘기는 빗나간 맹목적인 미(美)의 추구를 두고 빈축하는 것이 아닐까 생각한다. 나는 단정한 용모와 균형 잡힌 몸매를 가지려는 인간의 본능적 소망을 나무라고 싶진 않다. 그러나 참다운 아름다움은 외형적인 용모나 자태에 있지 않다고 생각한다. 지나치게 꾸며 치장하기보다는, 바르고 성실하게 살아온 삶의 연륜과 지혜와 향기가 저절로 풍겨 나오는 은은하고 자연스러운 개성적 아름다움이 더 품위 있는 아름다움이라고 믿는다.

건강과 신체적 균형미를 갖추기 위해서 달리기, 걷기 운동을 하고 리듬 체조, 필라테스, 스포츠 댄스에 몰두하는 걸 비난할 생각은 추호도 없다. 다만 몸매를 가꾸려는 노력만큼 지적, 정신적, 정서적 교양을 갖추기 위해서도 그에 못잖은 열정을 기울여 주었으면 하고 바랄 뿐이다. 인류의 오랜 삶의 지혜와 경험이 농축된 고전을 읽고 음악, 미술, 연극 등 예술을 사랑하여 지적, 정서적 성숙을 함양하는 데도 똑같이 정성을 쏟아야 자연과 하나 되는 원숙한 미(美)를 얻게 된다고 강조하고 싶다. "마음이 호연지기를 이룰 때 몸은 우아해진다."고 한 셰익스피어의 말(〈리어왕〉)을 음미할 필요가 있다고 강조하고 싶다.

훌륭한 인물을 흠모하고 아름다운 미모를 동경하는 것은 인간의 본성이다. 인간은 태어나면서부터 주위의 사람들을 본떠 말, 동작, 행동, 지식을 배우고 쌓게 된다. 누군가를 따라 그를 닮으려고 그를 모방하여 동화한다. 그래서 사람들은 위인이나 존경하는 사람을 롤 모델로 삼아 그가 추구한 가치와 마음가짐, 그의 행동을 본받으려 한다. 누구를 본떠서 닮아가는 것이 기본적 모방이라면, 그것을 토대로 하여 이루어지는 창조적 모방이 새로운 가치를 만들어 내어 우리 삶을 풍요하게 가꾸고 문화와 문명의 발전을 가져온 것이 인류의 역사가 된다.

피카소도 말했다. "유능한 예술가는 베끼고, 위대한 예술가는 훔친다." 무엇을 훔친다는 걸까. 우리를 둘러싼 자연과 세계를 흡수하여 재창조해서 완전히 새로운 자기 것으로 만들어 버린다는 뜻일 것이다.

마누라 구하기

박무형

잠을 깬 새벽부터 마누라와의 힘겨운 동행이 시작된다. 거실 침상에서 화장실까지는 채 열 걸음도 안 된다. 하지만 양손을 잡고 뒷걸음치며 부축해 줘도 그녀의 떨어지지 않는 걸음걸이로는 50여 보가 넘는다. 변기에 겨우 앉히고 나면 벌써 지치고 만다. 세면기에 양손을 짚고 거울 속 나를 보며 한숨 짓기 일쑤다.

마누라가 매우 아프다. 예전에 척추 수술을 받았고 그 후유증에 시달리며 다른 질환들도 여럿 달고 살았다. 70대에 들어 파킨슨 증후군까지 앓아 지금은 거동조차 힘든 지경에 이르렀다.

오전 한나절이 쏜살같이 기운다. 밥상 차려 함께 먹고 복약 챙겨주고 수시로 보채는 그녀를 돌보면서 주방 정리, 세탁물 처리, 거실 먼지 청소, 환기 등 잡다한 집안일에 매달리다 보면 날마다 그런 세월이 일상이 된 것이다

밤늦도록 제 엄마 옆에서 선잠을 자다 새벽에 자기 방에서 잠깐 눈 붙이고 출근하는 큰애, 직장 부근 숙소에서 지내다 주말이면 집에 합류하는 작은애, 둘 다 직장 근무 중에도 하루에 몇 번씩 안부

전화를 걸어온다. 온 식구가 환자의 투병과 시중, 그리고 기쁨조 역할에 최선을 다한다.

신기하고 다행스러운 것은 몸은 병들어 제대로 운신하지도 못하는데 정신은 또렷하고 식욕도 괜찮은 편이다. 얼굴도 그리 초췌하지 않고 훤하다. 온종일 누워 TV를 보아서인지 나보다 세상 정보에도 밝고 사리 판단도 분명하다. 암만해도 신이 우리 집에 내려주신 축복 같다.

그녀가 앞섶에 냅킨을 두르고 앞 접시에 챙겨 주는 밥과 반찬과 국물을 또박또박 떠먹는 모습은 정말 짠하지만 한편 보기가 좋다. 간식도 꼬박꼬박 잘 먹어서 여간 고맙고 대견스러운 게 아니다. 수년 전 작은애가 사다 준 염주 알을 손가락 끝으로 연신 굴리더니 젓가락질도 어느 정도 하게 되었다. 신이 내게 주신 지극한 의무 중 하나가 바로 마누라 잘 챙겨 먹이라는 걸까. 그러다 보니 꼼짝없이 나는 이른바 우리 집 삼식이가 되어 버렸다.

예전처럼 가족 해외여행은 꿈도 못 꾼다. 하지만 마누라의 컨디션에 따라 주말이나 연휴엔 짧은 가족 여행을 다녀오기도 한다. 휠체어에 앉히고 외식 나들이를 하거나 분위기 있는 카페를 찾아 다과를 즐기기도 한다. 가끔은 집 안에서 그녀가 좋아하는 요리 파티로 힐링 이벤트를 대신하기도 한다.

가계 운영은 실제로 내가 맡은 꼴이 됐지만, 집안의 사소한 일에도 짐짓 마누라에게 자문한다. 생필품이나 식료품을 사 올 때 그 명세를 메모하여 보이면 그녀는 돋보기로 훑어보고 "OK!" 하는 형식을 취한다. 아직도 그녀가 우리 십 곳간 열쇠를 쥐고 있다는 자부심을 놓지 말라는 뜻이다. 필요할 때 아파트 관리비, 가계 내역, 통장 잔고 등을 챙겨 보이기도 한다.

반찬을 만들거나 국을 끓일 때도 마누라에게 노하우를 청한다. 오후 세 시간씩 방문하는 요양보호사에게도 가사를 거들 때 그렇게 하도록 부탁했다. 말은 어눌해도 가급적 대화를 많이 해서 그녀가 고독과 시름의 늪에 빠지지 않도록 하려는 배려다.

다행인 것은 그녀도 아직은 자신의 역할을 접지 않고 싶은 눈치다. 사용하지 않는 주방이나 빈방, 베란다 등에 불이 켜 있으면 영락없이 소등을 촉구한다. 늘상 이뤄지는 일에도 앞질러 채근을 하고 알람처럼 일깨워 주기도 한다. 기억력도 탁월해서 나도 기억 못하는 내 젊을 적 허물을 퍼 올릴 때는 기가 찰 노릇이다.

병원 가는 날, 옷을 갈아입히고 휠체어를 챙기는 등 바쁘게 서두를 때 병원 카드, 장애인 복지 카드, 진료 예약증, 은행 카드 등을 어련히 챙겼는데도 으레 재삼 확인하려 든다. 다행스럽고 고마운 일이면서도 어떨 때는 환자답지 않은 그 꼼꼼함에 질리기도 하고 짜증스럽기도 하다.

가끔 까탈을 부리기도 한다. 요즘같이 더울 때 선풍기와 에어컨 리모컨이 있는데도 수제(手製) 바람을 선호한다. 손으로 부채질 시늉을 한다. 부채 바람을 세게 몰아 부쳐도 안 되고 너무 약하게 해서도 안 된다. 그럴 땐 두 손을 만세 자세로 올리고 시원해한다. 또 얼마 안 되어 춥다고 이불을 덮어 달라고 하는가 하면, 이불깃을 가슴 밑께로 내려 달라고 보챈다. 곧이어 이불을 제치고 모로 누어 등을 부쳐 달라고 채근한다.

한밤중에 모처럼 내 방에서 정신을 집중해 책을 읽거나 마감이 임박한 글을 쓸 때가 있다. 한참 새록새록 솟아나는 영감으로 집필에 탄력이 붙을 때, 화장실에 동행한 지 얼마 안 되었는데도 또 부르는 소리가 들리면 나도 모르게 부아가 치민다. 하지만 어쩌랴. 글은 나중에 써도 되지만 마누라 병구완은 미룰 수 없다는 생각에 그녀에게 달려간다.

우리 식구들은 와병 중인 여제(女帝)를 모시고 사는 격이다. 병세가 심하건 심하지 않건 간에 그녀는 곁에 시중꾼이 대기하고 있기를 원한다. 옆에 아무도 없을 때는 더 투정을 부리는 것 같다. 과거에 가족을 위해 그렇게도 희생하고 헌신하던 그녀가 지금은 병자로서 자기밖에 모르는 투정쟁이가 된 것인가.

어떤 때는 나도 모르게 울화가 터져 그녀를 나무란다. 그녀는 눈물을 글썽이며 왜 언성을 높이느냐, 자기를 그렇게도 미워하느냐며 가족에게 고통만 주느니 죽고 싶다고 울먹인다. 억장이 무너지는 순간이다. 나는 곧 후회하고 그녀에게 사과한다. 저승보다는 개똥밭에 굴러도 여기가 낫다는 말로 달랜다. 그녀는 곧 마음을 풀고 잠든다.

마누라는 내게 괴롬만 주는 것이 아니다. 이제 괜찮으냐고 물으면 가늘게 미소 짓고 가만히 눈을 감고 있다. 평화롭고 당당하다. 그런 모습에서 내가 오히려 말할 수 없는 위안과 동정을 받는 기분이 된다. 틈만 나면 만지작거리는 작은 염주에 고통과 인내 그리고 염원을 함께 담아서 굴리는 것 같다. 그 굴림 속에 그녀 나름의 꿋꿋한 소우주가 스며 흐르고 있지 않을까.

평소의 그녀 얼굴은 환자 같지 않고 보살형으로 온화해 보여서 가족에게 잔잔한 기꺼움을 주고 있다. 우리들은 줄곧 '얼굴이 환하다' '고상해 보인다' '후덕하고 복스럽다' '주위에서 제일 수려하다' 등의 찬사로 애드벌룬을 띄워 준다. 몸은 병마의 구렁에 빠졌어도 마음만은 그렇게 되지 않기를 바라는 식구들의 염원이다.

스필버그의 영화 〈라이언 일병 구하기〉에서, 아비규환의 전선에서 라이언 일병을 찾은 존 밀러 대위가 자신은 적탄에 맞아 쓰러지면서도 부르짖던 말이 꼭 지금의 내 심정인지도 모르겠다.

"당신은 살아 나가야 해!"

미구에 파킨슨병의 치료제 개발이 완성될지도 모른다는 희망적인 소식이 들린다. 하버드 대학 연구진이 현재 시행 중인 임상 실험이 성공 단계에 들어섰다는 말도 있다. 머잖아 존 밀러 대위의 고함이 내 입에서 잭팟처럼 터져 나올지도 모르겠다.

"당신 이제 살았어!"

나답게 살기

김국현

나에게 나 자신은 언제나 큰 산이었다.

넘어서려 해도 내가 나를 넘지 못해 늘 힘들어하고 초조해했다. 간혹 기적 같은 성취감으로 한 줄기 빛이 보일 때도 있었다. 하지만 직장이나 가정에서 생기는 문제 앞에서 마을 어귀의 정승처럼 꼼짝달싹 못하였고, 사소한 문제가 더 크게 번져 천 근 같은 벽에 부닥치기도 했다. 모든 게 내 탓이었다. 그걸 깨닫는 데도 오랜 세월이 걸렸다. 그런데 나이 들면서 나 자신은 넘어야 할 산이라기보다 좋으나 싫으나 그냥 보듬어 안고 사는 거라는 생각이 든다. 다만 나답게 살면 되는 것이다.

보태지도 빼지도 않고 나다운 모습으로 살아가기가 그리 쉬운 일은 아니다. 몇 해 전만 해도 무슨 일을 시작할 때면 주변 사람들의 시선에 관심이 많았다. 내 생각이 아니라 다른 사람 생각대로 살려고 했다. 자신감이 부족하고 담대함이 부족한 탓이었다.

미국의 아동 작가 린 홀(Lynn Hall)은 '나이 든다는 것은 자기다워지는 것'이라 했다. 나이 들면서 나는 내 식으로 나답게 살고 싶어진다. 지금의 내 모습이 보기 좋고 내 생각이 마음에 들고 내가 하는 일이 즐겁기 때문이다. 나답게 산다는 건 내 나이답게 사는 것이다. 나이보다 많지도 적지도 않게 내 나이에 맞게 생각하고 행동하며 사는 것이다. 내 나이보다 젊게 보이고 생각도 젊게 하는 것도 좋은 일이지만, 굳이 나이에 걸맞게 행동하려고 애쓰지는 않을 테다. 더욱이 나 자신의 원래 모습 그대로 살고 싶다. 무엇을 숨길 것도 감출 것 없이 있는 그대로, 잘난 체하지 않고 그렇다고 못났다고 자책하지도 않으며 사는 것이다. 특별히 자신감이 있는 건 아니지만, 교만하지 않으면서 내가 애써 이룬 것이나 나의 작은 생각을 소중히 간직하며 살고 싶다. 나의 겉모습에 연연하지 않고 나의 진면목을 발견하고 나를 지키며 나의 가치를 살려 나가는 삶을 살고 싶다.

어느 회사의 직원 역량 평가에 평가자로 참여한 적이 있다. 과제 평가가 끝나고 나서 개별 면담을 진행했다. 그분의 부족한 점을 알려주고 나서, 장점을 세밀히 드러내면서 관리자의 역량은 충분히 갖추었으니 자신감을 가지면 유능한 사람이 될 거라 했다. 그 말을 들은 직원이 갑자기 눈물을 흘렸다. 왜 우냐고 했더니 "제가 못난 줄 알았는데 칭찬을 해 주시니까 감사해서요."라고 말했다. 내가 참 좋은 일을 했다는 자부심을 느꼈다.

친지 한 분이 가정 사정으로 다니던 회사를 그만두었을 때 동료들에게서 편지를 받고 깜짝 놀랐다. 자신을 못나고 부족한 사람으로 여겼는데, 그들은 한결같이 자신이 무척 자랑스럽고 멋진 동료였다며 같이 있는 시간이 참으로 행복했다고 회상했다. 베풀어 준 도움에도 진심으로 감사했다. 그는 그 말에 자신감을 얻게 되었다고 한다. 자신의 참모습을 발견하는 건 좋은 일이다. '내가 생각하는 나'와 '남이 본 나'는 이처럼 온도 차가 큰 것이니 섣불리 스스로 폄하하거나 못났다고 단정해서는 안 된다. 사람은 누구나 자신만의 세계를 보듬고 살아가는 귀한 존재이다.

내 인생의 주인은 바로 나다. 아무리 훌륭한 것이라도 내가 좋아해야 가지고 싶고 배우고 싶은 법이다. 어느 시인이 몽골에서 말을 탔는데 그 말이 고삐를 잡아도 자꾸만 강 쪽으로 가기에 덜컥 겁이 났다고 한다. 그 말이 강가에서 고개를 숙이고 물을 맛있게 먹기 시작한 모습을 보고 나서야 말의 주인이 말을 탄 사람이 아니라 말 자신이었다는 사실을 깨달았다. 말도 그러한데 하물며 사람은 어떻겠는가. 내가 좋아서 선택한 인생길을 나 자신이 책임져야 한다. 나보다 나은 사람에게서 가르침을 구할 수는 있지만 어떤 길을 가느냐는 나 자신에게 달린 것이니, 누구를 원망하거나 서운한 감정을 가질 필요가 없다. 그럴 시간이 있으면 자신의 능력을 계발하고 스스로를 사랑하는 데 관심을 쏟을 일이다.

세상에는 자신의 허물을 깨닫지 못하여 무엇을 고쳐야 할지 모르는 사람들이 많다. 자신을 과시하거나 비하하는 때도 있다. 소크라테스가 말한 '너 자신을 알라'의 의미를 새겨봄 직하다. 빛이 들어오면 어둠이 물러가고 주변이 속속들이 드러나지만, 마음에 빛이 없는 사람은 자신을 바로 볼 수 없다. 칠흑 같은 어둠에 갇혀 있을 뿐이다.

나다운 삶은 가식이 없는 삶이다. 사람은 가면을 벗을 때 진심이 드러난다. 그래야 비로소 가식 없는 삶을 살 수 있다. 자기를 속이면서 당연한 듯 여긴다면 그 얼마나 비참한 노릇인가. 못난 것 부족한 것을 솔직히 보이면서도 떳떳하면 스스로가 만든 속박에서 해방될 수 있다. 자유는 법과 질서를 지킨다고 충족되는 건 아니다. 진정한 자유는 아무에게도 거리낌이 없는, 내면에서 우러나는 사유의 해방감에서 온다. 탐욕과 시샘, 성냄, 질투, 불안, 공포로부터 자유를 얻을 때 진정한 기쁨을 누리게 된다.

나답게 살다 보면 나라는 큰 산을 넘어서는 기적을 맞을 수도 있지 않을까 싶다.

냄비 같은 세상

강병숙

동네 떡방앗간 앞을 지나는데 나란히 놓여 있는 떡 중에서 유독 송편이 눈에 들어왔다. 그냥 지나쳤는데 먹음직스러웠던 송편은 계속 마음에서 머물렀다. 하룻밤을 자고 나도 잊히지 않아 송편만 그리다 추석에 빚고 남은 재료가 냉장고에 있다는 걸 생각해 냈다. 몇 개라도 빚어 볼까 하고 가루를 꺼냈다. 익반죽을 하기 위해 냄비에 물을 부어 불에 올리고는 빨아 놓은 빨래부터 널게 되었다. 베란다로 나가 퍼져 있는 햇살을 보며 빨래를 널고 있는데 그새 냄비에서 물 끓는 소리가 났다.

뚜껑 공기구멍에서는 김도 모락모락 오르고 있었다. 널던 빨래를 중단하기 싫어 마저 널게 되었는데 다 널고 들어오니 물은 어느새 줄어들 대로 줄어 냄비 바닥에만 깔려 있었다. 다시 물을 부어 끓여야 했고 가루를 너른 그릇에 담고 베 보자기를 챙기는 사이, 물은 나를 조롱이라도 하듯 또 끓기 시작했다. 아무리 냄비라도 너무 빠르다 싶어 자세히 살펴보았지만 그다지 불이 센 것도 아니었다.

재료를 끼고 앉아 뜨거운 물을 떠낼 때다. 기다렸다는 듯 인터폰이 울렸다. 바가지를 잡은 손이 자연히 멈칫했고 인터폰부터 받았다. 선을 타고 오는 낯선 목소리. 바로 옆에 문을 열 누름단추가 있었지만 누군지가 확실치 않아 누르기가 싫었다. 재빠르게 문 앞으로 달려가 큰 소리로 "누구세요?" 하니 "등기예요." 했다. 미안한 마음으로 문을 열고 누런 종이봉투를 받아 일단 주방으로 뛰어갔다.

그런데 벌써 물이 식어 가루를 익반죽할 온도는 아니었다. "아니 그렇게 펄펄 끓던 물이 무슨 긴 시간이 지났다고 금세 미지근해." 예상보다 빨리 식은 것 같아 머리를 갸우뚱거렸는데 뉴스에서 들은 바깥 온도 영하 15도, 내가 환기시킨다고 창문을 연 것, 둘 다 넘치는 기운으로 냄비의 특성을 부추긴 것 같았다. 다시 불을 올려야 했고 물은 바로 끓었다. 몇 번이나 냄비를 올렸다 내렸다 하며 뜨거운 물을 쓸 수 있는 것이다.

해 오던 대로 가루에 물을 살짝살짝 부어 가며 차지게끔 치대는데 이번에는 얌전하기만 하던 휴대전화기가 방금 풀어놓은 무음을 쏜살같이 알고 "카톡" 하며 소리를 냈다. 퍼뜩 눈이 갔지만 온 손에 가루가 달라붙어 있어 전화기를 들 형편은 아니었다. 바라만 보는데 계속 카톡 카톡이다. 끊어질 만하면 나고 또 나고 쉴 새가 없다. 어느 방인지는 모르지만 무슨 일이 생긴 게 틀림없었다. 아무리 떠들어 대도 가루 범벅이 된 손으로는 어쩔 수 없어 반죽을 끝내고 손을 깨끗이 씻은 다음 빨간 점이 또렷하게 찍혀 있는 단톡방 문을 두드렸다. 뜻이 같은 사람들이 드나드는 방, 달린 댓글에는 한 사람 한 사람의 얼굴이 그림처럼 떠올랐다.

내용은 한 회원이 큰 상(賞)을 탔고, 그 소식을 들은 친한 친구가 소문을 낸 것이었다. 정이 많은 회원들 역시 가만히 있을 수 없어 축하 말을 남기느라 시끄러웠던 것이다. 읽어 보니 축하합니다로 시작해 좋은 일이 생기면 할 수 있는 말은 다 올라와 있었다. 요즘 뜨고 있는 이모티콘도 지지 않겠다는 듯 제 역할을 하느라 바삐 움직이고, 연방 올라오고도 있었다. 재주도 다양한 이모티콘은 살랑살랑 춤을 추는가 하면 고개를 숙여 다소곳이 절을 하기도 하고 누가 글을 올리면 착 달라붙어 고맙다는 인사를 하기까지, 온갖 귀염을 토하며 활개를 쳐 은은한 효과음도 들리는 듯했다.

눈도 즐겁고 재미도 있어 몽돌만 하게 반죽해 놓은 송편 재료는 밀쳐놓고 보고 있는데 혼자서도 누릴 수 있는 재미에 그저 평화로웠다. 실실 웃음까지 나와 입을 반쯤 벌리고 있는 게 분명하다. 그런데 무슨 일인지 별안간 싸늘한 기운이 돌았다. 언제 그랬냐는 듯 조용해지려는 조짐이 보인 것이다. 초를 다툴 정도로 몇 자의 글로 요란을 떤 건 불과 한 시간도 안 되었다. 서울에서 미국에서 광역시에서 지방 작은 도시에서 농촌에서 지역과 국경을 넘나들며 왁자지껄했는데 벌써 열기가 식었단 말인가. 느지막이 들어간 나만 남아 할 일 없이 머무는 것 같아 나도 나와 버렸다.

그리고 얼마 후 미련이 남아 다시 들어가 봤다. 바닥에 있는 전화기를 손으로 집을 때만 해도 몇 명은 들어왔겠지 했다. 그런데 아무도 들어온 이가 없었다. 축하는 고작 그것으로 끝내고 각자의 자리로 가 버린 모양이다. 번갯불에 콩 볶아 먹는다는 말은 이럴 때 하는 말인가. 날씨가 고르지 못한 날 갑자기 불어온 바람이나 뭐가 다른가. 그 날랜 몸짓으로 율동을 하던 이모티콘도 꼼짝 않고 건드려야만 못 이긴 척 몇 번 흔드니 이것마저 사람 같다.

생활 환경이 예전과는 다르다. 그래도 이렇게 빠를 줄이야. 아무리 바빠도 하루쯤은 "그 회원 상 탔대." 하며 흥겨움에 젖어 있는 게 도리가 아닐까. 바짝 열을 내다 식어 버리는 냄비처럼 잠깐만 마음을 준 사람들. 누구나 이미 이런 생활에 물이 들어 있지만 빨라도 너무 빠르다. 급히 뜨거워지고 열을 내기보다 좀 느리고 느긋하게 여유로움을 가져 보는 그런 세상은 이젠 없는 건가.

늦가을의 뜨락에서

권응구

늦은 봄, 집을 떠나 한국에서 머물다가 가을 끝자락이 돼서야 돌아오니 때가 때인지라 온 동네가 낙엽으로 뒤덮였다. 집집마다 낙엽을 불어 모으는 송풍기 소리와 바깥 관리를 도맡아하는 남미인들의 고함 소리, 그들의 경쾌한 음악 소리까지 뒤섞여 동네에 마치 오랑캐라도 쳐들어온 양 소란스럽다.

오랜만에 정원을 둘러본다. 정원 화초들이 그동안 얼마나 간섭 없이 자유를 누렸는지 잡초와 더불어 만수산 드렁칡처럼 제멋대로 엉켜 있다. 심지어 정원 한가운데서 제일 비싼 몸값과 아름다움을 뽐내던 접붙이 단풍나무까지도 마치 무인도에 표류한 자연인의 머리카락같이 산발이 되었다.

도로에서부터 집 앞까지 양쪽 길에 군 의장대 모양 도열해 품위를 지키던 멋진 시베리아 사철나무들도 그동안 서로 키재기 경쟁이라도 벌인 듯 맵시는 뒤로하고 하늘로만 치솟았다. 그런 데다가 가을이면 진홍색 단풍으로 '불타는 난쟁이(Burning Dwarf)'라는 멋진 이름까지 얻은 울타리 관목들은 사슴들이 자기 텃밭 드나들 듯 뜯어먹어 붉은 잎은거녕 잔가지마저 성치 못한 모습이 불쌍하기만 하다.

원래 우리 부부는 아름다운 정원에 유독 관심이 많았다. 그래서 첫 집을 장만할 때도 몇십 년 오래된 집이었지만 개의치 않고 넓은 터가 맘에 들어 선택을 했고 그러고는 정성 들여 가꾼 정원과 텃밭이 아까워 떠나지를 못하고 증축과 때때로 과도한 수리비를 부담하면서까지 이십오 년이 넘도록 살았다. 일찍이 한국 방문에서는 거제 '외도'의 잘 가꿔진 서양식 정원에 넋을 잃었고 용인의 '한택식물원'에서는 우리도 이런 모양의 자연 식물원을 꾸미고 싶다는 충동도 받았다.

그러다 보니 대부분 집을 줄여 간다는 은퇴 후의 나이에도 정원에 대한 애착심은 수그러지지 않아 결국 살던 집보다 훨씬 더 큰 대지에 호수까지 있는 터를 구입해 새 집을 짓기까지 했다. 이때도 내부 공사는 건축업자에게 맡겨 놓고 우리는 완공 후에 정원을 어떻게 꾸밀까 하는 생각만 가득하였다.

정원 관리는 육체적 노동이 농사일만큼이나 많은 데다 비용도 그에 못지않게 부담을 준다. 잔디만 해도 봄부터 늦은 가을까지 일주일에 한 번은 깎아 주어야 하고 잡초 제거, 해충 방제까지 직접하려면 규모 면에서나 전문성에 도저히 감당이 안 된다. 어쩔 수 없이 잔디에 관련된 관리는 전부 분야별로 외주를 주었지만 화단관리만큼은 직접 하여 왔다.

화단을 조경 회사에 맡긴 것은 처음 건축을 완공했을 때 준공 심사를 위해 기본 조경을 위해 맡겼을 뿐 그 후부터는 우리 취향대로 가꾸기 시작했다. 비록 아마추어였지만 나름대로 바윗돌과 수목들을 집과 어울리도록 배치하고 화단의 꽃들도 철따라 줄이어 피도록 배열함으로써 항상 풍성한 정원이 유지되도록 애써 왔다. 연륜이 쌓이면서는 비싼 관상수는 가격이 저렴한 어린 것들을 사다 여기저기 흩어 심었다가 몇 년 후 튼실해지면 제자리로 옮겨 심는다. 그 후 이들을 다듬어 모양을 만들고 정성을 쏟으면 불과 몇 년 안에 몇 배나 비싼 관상수가 된다는 요령도 터득하게 되었다.

봄철이면 우리는 동네 슈퍼마켓 들르듯 묘목 상을 수시로 찾는다. 이때 가격보다도 더 주의깊게 살펴야 하는 것은 사슴이 싫어하는 묘목임을 표시하는 꼬리표가 있느냐 하는 것이다. 이를 무시했다가는 여지 없이 사슴 피해를 입기 때문이다. 어느 해에는 우리가 좋아하는 장미밭을 정성껏 마련했다가 꽃이 피는 족족 꽃송이만 따먹는 바람에 아연 실색할 수밖에 없었다. 그렇다고 사슴 포획이 허용되지도 않는다. 이런 이유 저런 이유로 대부분의 이웃들은 정원을 거의 방치한 채로 살아간다.

그러나 자기 집 정원을 아름답게 손질하는 것은 자기 몸을 단장하는 것이나 다름이 없다고 본다. 헝클어진 머리보다 단정히 빗질한 머리와 깨끗한 차림으로 이웃을 대하는 것이 진정한 예의 아닌가. 몸을 단장한다는 것은 결국 마음을 단장하는 것이기도 하다.

우리는 각자 마음속에 나름대로의 정원을 가지고 있다는 생각이 든다. 그 정원은 성형으로 가꾸는 외모와 달리 오로지 자신만이 가꿀 수 있는 내면의 정원이다. 이것은 바로 긱자가 다듬고 가꿔야 하는 인격의 정원이다. 이 마음의 정원이 여름철 내내 손대지 않은 정원처럼 무질서한 그대로 남에게 노출된다는 것은 얼마나 수치스러운 일인가.

가을 끝자락에 망가진 정원을 돌아보며 행여 이 정원이 이웃에 보이는 내 마음이라도 된 양 서둘러 손수레며 전지 칼을 찾아 든다.

호박고구마

조형묵

당신은 행복한가. 그 물음에 주저 없이 "나는 지금 행복하다."고 말하고 싶다. 그것은 순전히 호박고구마 때문이다.

올여름 아내와 인천 강화군에 소재한 야산 아래 돌밭에 고구마를 심었다. 지인이 소유한 밭 한 귀퉁이를 내게 공짜로 내주어서다. 지난해에 이어 2년째다. 지난해엔 밭 주인과 공동으로 경작했는데 정성을 쏟아 가꾸었지만 소득은 예상치를 크게 밑돌아 실망감이 컸다.

아내는 "휘발유값도 안 된다."며 푸념하기도 했다. 그래도 집에서 5, 60킬로미터 거리의 밭에 갈 때면 늘 즐거워했다. 4, 5일에 한 번씩 애호박을 10여 개씩 따면서 행복해했고, 가을에 늙은 호박을 수확하여 건강원에서 대추·당귀 등 각종 약재를 넣고 다려 자식들에게 나눠 주면서 뿌듯해했다.

그런데 올해는 지인이 밭 전체를 경작하도록 배려해 주어 2백여 평에 고추·호박고구마를 심으며 제대로 밭농사를 경험하게 되었다.

이들 채소를 심은 지 한 달째 되던 날, '그동안 많이 자랐겠지?'

하고 큰 기대를 안고 밭에 가 보니 고라니가 새순을 모두 따먹어 수확은 다 틀려 보였다. 그래도 우리 부부는 열심히 가꾸어 밭에 갈 때마다 쑥쑥 자라는 농작물들의 모습을 지켜보며 즐거움을 만끽했고, 애호박, 풋고추를 한 아름 따 안고 오면서 행복의 웃음꽃을 피우곤 했다. 드디어 고구마 수확기가 되어 설레는 마음으로 밭을 향했다.

그런데 이게 웬일인가. 모종한 고구마순 태반이 죽고 고라니에 뜯겨, 그저 잔챙이 서너 바가지나 수확하겠지 생각한 우리의 예상은 보기 좋게 빗나갔다. 호미로 고구마줄기를 들어 올리는 순간 나도 모르게 감탄의 소리와 함께 놀라지 않을 수 없었다. 아내도 "이것 봐요. 이리 와 봐요." 하며 연신 나를 불러대고 그럴 때마다 어른 주먹보다 훨씬 큰 고구마가 호미 끝에 주렁주렁 매달려 나오는 것이 아닌가. 이래서 농민들이 경제성이 없어도 매년 농산물을 심고 또 심는구나. '농자천하지대본'이란 말이 새삼 뼛속까지 스며드는 기분이었다. 이날 우리 부부는 고구마를 두 자루 이상 수확했다.

아내와 나는 온몸이 땀에 젖고 에너지는 고갈되어 걸음을 옮기지 못할 정도로 쇠진했지만 마음만은 무엇과도 바꿀 수 없을 만큼 뿌듯하고 행복했다. 이뿐 아니다. 이튿날 아침 아내가 밥 위에 얹어 찐 곱고 고운 노란 고구마를 입안에 넣는 순간 나는 또 한 번 그 맛에 감탄했다. 어른 주먹 두 개만 한 고구마를 둘로 쪼개고 또 반쪽씩 네 쪽을 내놓는데 그 노란 색깔이며 맛 또한 일품이었다.

아내도 나도 농촌 출신이지만 70평생 살아오면서 이렇게 색깔이 곱고 맛이 좋은 고구마는 처음이어서 연신 감탄사만 쏟아 냈다. 이 튿날 이웃과 아들, 딸에게 나눠주면서 무엇과도 바꿀 수 없는 보람과 행복감에 젖었다.

작고 연약한 고구마순 하나가 줄기를 만들고 열매를 맺어 우리 인간에게 이렇게 큰 기쁨과 행복을 선사하다니…. 자연의 힘에 머리가 숙여졌다.

중농의 집안에서 태어난 나는 고등학교를 서울로 진학하기 전까지, 또 방학 때마다 부모님 따라 짬짬이 논밭을 오가며 직간접으로 농사일을 경험해, 친구들보다는 조금 더 농사의 기초 지식을 갖고 있다고 할 수 있다. 또 계절별로 벼·보리·콩·깨 등 곡식을 비롯하여 무·배추·고구마·감자 등 각종 채소와 밤·대추 같은 과일들을 직접 수확해 본 적도 많다.

하지만 부모님의 바쁜 일손을 도와야 한다는 당위성과 땀 흘려 노력 끝에 거둔 수확의 기쁨보다 일이 고되고 힘들어 어떻게든 농사 현장에서 벗어나기 위해 얕은꾀를 짜내는 데에만 골몰, 어른들에게 핀잔 듣기 일쑤였다. 그때마다 학교 졸업 후에는 절대로 농사는 짓지 않겠다고 다짐하고 또 다짐하였기에 농촌 생활과 농사일, 그리고 수확에 대한 아련하고 애틋한 추억이 뇌리에 남아 있을 리 없다.

그토록 농사일이 싫어 가출하여 어디론가 도피하고 싶었던 농촌이 아닌가. 농사일을 떠난 지 50여 년, 그런데 그 많은 세월이 흐른 후 올해 고구마 농사와 수확한 고구마에 대한 감회가 왜 이리 남다르고 또 절절하게 느껴지는 것일까. 그것은 지난 긴 세월 속에 잠재되었던 농촌과 농사일에 대한 편견과 애증이 이번에 고구마 농사를 직접 하면서 해소되었기 때문이리라.

금년 고구마 농사 체험은 풍성한 수확의 기쁨과 더불어 인생의 새로운 배움과 깨우침을 나에게 선물했다는 점에서 무엇보다 값진 일이었다고 할 수 있다. 그러나 깊어 가는 이 가을 나에겐 보물 상자가 하나 더 남아 있다. 부모님 산소 자락 20여 평에 심어 놓은 김포 특산물 순무 농사. 올해도 지난 가을만큼 풍성한 수확으로 우리 가족에게 즐거움과 행복감을 안겨 줄까.

석탄 열차

최낙진

  언니와 고속 열차를 타고 친정집에 다녀왔다. 참 좋은 세상이다. 이렇게 빠르고 편안하게 서울에서 군산까지 하루 만에 다녀올 수 있다니.

  옛날 생각이 났다. 중학교 때는 기차를 타고 통학을 했다. 새벽밥을 먹고 고등학교에 다니는 언니와 함께 오십 분 동안 걸어가야 기차역에 도착했다. 정거장까지 가는 동안에는 마을 몇 개를 지나야 하기 때문에 같이 기차 통학하는 선배인 언니 오빠들과 이야기하면서 오갔다.

  기차는 산모퉁이를 돌아 나올 때마다 통학하는 학생들에게 나 지금 여기 간다며 피곤한 목소리로 '꽥' 하고 신호를 했다. 그러면 우리들은 그 소리에 거리를 측정하고 늦을 것 같으면 숨이 턱까지 차도록 달려야 했다.

  아침 통학 열차를 놓치면 걸어서 가든지 아니면 기다렸다가 12시에나 오는 기차를 타고 학교에 가야 했다. 그럴 때는 오전 수업이 이미 끝난 뒤였다. 그러니 늦잠이라도 자는 날이면 늦지 않으려고 죽어라 하고 정거장을 향해서 뛰었다. 어떤 때는 철길 옆에서 기차와 같이 뛰어서 그 기차를 타고 학교에 간 적도 있었다.

기관사 아저씨 옆에는 새까만 작업복을 입은 두 명의 화부가 있었다. 작업복만 새까만 게 아니라 모자, 얼굴, 손에 낀 장갑까지 모두가 까만색이었다. 그 손으로 큰 삽을 들고 화구에 열심히 석탄을 퍼 넣다가 우리들이 손을 흔들면 잠깐 허리를 펴고 하얀 이를 드러내 웃으면서 손을 흔들어 주었다.

우리가 타고 통학하는 기차는 전주에서 익산을 거쳐 군산까지 다녔다. 사람이 탈 수 있는 차량은 네 칸뿐이고 화물칸이 더 많았다. 무궁화호나 새마을호처럼 큰 칸이 아니라 좌석이 몇 개 안 되는 작은 기차였다. 내가 타는 곳은 종점 직전의 간이역이기 때문에 열차에는 이미 사람들로 꽉 차 있었다. 날씨가 좋은 날은 승강구 손잡이라도 잡고 타고 갈 수 있었는데, 비가 오는 날이나 추운 겨울에는 승강구에 문이 없기 때문에 객실 안으로 들어가야 했다. 그런 날에는 뒤에서 힘이 센 삼촌이 힘껏 밀어 우리들을 열차 안으로 들어가게 했다. 그럴 때는 숨을 제대로 쉴 수가 없었다.

그는 친구네 삼촌인데 우리는 모두 삼촌이라고 불렀다. 우리는 아쉬울 때만 삼촌을 고마워했다. 항상 모자를 삐딱하게 쓰고 교복 단추는 두 개쯤 풀었으며 책가방은 옆구리에 끼고 팝송을 부르는 게 눈에 거슬렸다.

삼촌이 영어를 잘해서 팝송을 부르는 게 아니고 한글로 써서 외운다는 것을 알았다. 그때부터 우리들은 삼촌을 피해 다녔다. 그러나 기차에 타면 그 삼촌은 맨 마지막에 열차에 올라타 우리를 보호한답시고 승강구에 매달려 양팔로 버티면서 팝송을 신나게 불렀다. 기차가 속력을 내면 삼촌의 목소리도 악을 쓰는 것처럼 더욱 높아졌다.

그날은 객실이 만원이라 화물칸에 탈 수밖에 없었다. 큰 문을 닫으니 완전히 갇혀 버린 것같이 캄캄했다. 화물칸에는 생선 장사 아주머니들이 많이 타서 비린내와 땀 냄새로 속이 울렁거렸다.

날씨가 좋은 날은 승강구에 서서 한 십 분쯤 타고 종점에서 내렸다. 기차에서 내리면 하얀 교복과 얼굴에 석탄가루가 날아와 말이 아니었다. 우리는 서로 불거나 석탄가루를 털어 주기도 했다. 장난기가 발동한 친구들은 서로 얼굴에 묻어 있는 석탄가루를 떼어 준다며 손으로 문질러 검댕이 칠을 해 놓았다. 그러고 나서는 서로 얼굴을 바라보며 깔깔거리며 웃었다.

어느 날인가. 선배 언니가 책가방을 들고 승강구에 서 있다가 그만 놓치고 말았다. 우리들은 어쩌나 하고 놀라 소리를 질렀다. 달리는 기차에서 어쩔 수가 없었다. 언니는 책가방에 수업료가 들어 있다며 울상이 되어 발을 동동 굴렀다

언니는 군산역에서 내려 가방을 찾기 위해 철길을 따라 달려갔다. 다행히도 양심 좋은 아저씨가 책가방을 주워 기다리고 있었다고 한다. 아저씨는 얼마나 놀랐느냐고 하시며 책가방을 돌려주셨다고 들었다. 지금 같으면 수업료가 들어 있는 책가방이 임자에게 돌아왔을까? 그 아저씨의 고운 마음을 생각한다.

석탄 열차이기 때문에 화력이 약해지면 가다가 쉬고, 어디가 고장 나면 못 가고 하니 연착과 연발은 다반사였다. 석탄을 연료로 하기 때문에 날씨가 좋은 날에는 하얀 수증기가 하늘로 날아 올라갔다. 날씨가 흐린 날은 기차가 지나간 뒤에 수증기가 땅 아래로 쫙 내려앉아 우리들은 그 위로 사뿐사뿐 걸어가며 마냥 즐거워했다.

그런데 그 석탄 열차는 내가 중학교 2학년 여름 방학과 함께 사라졌다. 여름 방학이 끝나고 개학을 맞아 정거장에 도착했을 때 들어오는 열차는 새까만 석탄 열차가 아니라 빨갛고 멋지게 생긴 디젤 기관차였다. 검은 얼굴에 새까만 작업복을 입은 아저씨 대신 금테 줄을 한 모자를 쓰고 멋있는 양복을 입은 아저씨가 웃으며 서 있었다.

그 후로 수십 년이 지나 교통이 발달한 지금은 석탄 열차를 볼 수가 없다. 고속열차를 타고 가면서 내 소녀 시절 추억을 생각하니 만감이 교차되며 세상이 너무나 많이 변했다는 것을 실감나게 보여주었다. 내가 기차를 타던 정거장은 건물도 이름도 없어져 아무도 찾는 사람이 없다. 철길은 녹슬고 잡초만 무성하여 마음 한편이 휑하다. 학창시절의 정겨운 석탄 열차와 사람들로 북적이던 간이역이 보고 싶어진다. 그리고 그 시절 친구들은 지금 어디서 어떻게 살아가고 있을까 궁금해진다.

빗나간 계획

이춘희

마흔이 되고 몇 해 지나지 않아 나는 실질적인 가장이 되었다. 시간을 꿰매 가며 이십 년 가까이 종종거리다 보니 두 아들은 제 짝의 손을 잡고 떠났고 곁에는 세월의 더께가 수북이 내려앉은 남편과 노후 준비라는 숙제만 덩그러니 놓여 있었다. 눈 밝던 젊음이란 녀석, 어느 틈새로 빠져나갔는지. 녹슬기 시작한 뇌와 성긴 머리카락 사이로 불안이 스며들며 가슴을 짓눌렀다.

노후 준비라. 막연했다. 내게 남은 날들이 얼마나 될 것인지, 어떻게 살아야 뒷방 늙은이처럼 보이지 않을지. 가계부도 한번 써 보지 않은 사람이 구체적인 숫자를 더하고 빼며 대책을 마련하려니 잠을 설치는 밤이 잦았다.

소실봉 자락에 있는 달랑 두 채뿐인 아파트에 내 노년을 부려 놓을 자리를 마련했다. 노년의 거처는 노후(老朽)한 몸뿐 아니라 마음까지 편히 담을 수 있는 공간이 되어야 하지 않겠는가. 산 아래 동네, 아직도 군데군데 남아 있는 논과 밭이 마음을 당겼다. 미구에 출입이 잦아질 대형 병원이 가까웠고 아들네와 친구 몇이 멀지 않은 곳에 있다는 것도 선택을 수월하게 했다. 밀집된 공간이 주는 긴장에서 한발 물러날 수 있을 것 같아 좋았다. 은퇴 후 바닷가를 염두에 두었던 오래된 계획을 수정했다.

고전이라 불리는 책을 부지런히 구입하는 것도 잊지 않았다. 행간이 넓은 책들과 씨름하며 보내는 시간이 좁아지는 사고의 틀을 지켜 주리라. 짐짓 가슴이 부풀기도 했던가. 그게 얼마나 어려운지 그때는 몰랐으니. 가장 손쉽게 해결할 수 있는 노후 대책이었다.

소실봉 아래가 빠르게 변하며 나를 그곳으로 끌던 논들은 사라졌다. 시골 정취가 옅어져 서운한 감도 있었지만 길이 넓어지고 자동차 운행이 가능한 건 반가웠다. 은퇴 후에 옮기려던 계획을 다시 손보아 예정보다 빨리 움직였다.

무언가를 사고 줄을 서 기다렸는데 내 앞에 있던 여인이 계산대 앞에서 "어르신이 먼저 하세요."라며 비켜섰다. 당황한 나머지 두 손을 내저으며 아니라고, 괜찮다며 사양했다. 고마움에 앞서 그 대명사를 받아들이는 것이 내키지 않았는지도 모르겠다. 어르신이라, 나는 왜 그 말에서 잘 포장된 노후를 감지하게 되는지. 아마 자격지심일 터. 내가 아무리 인정하고 싶지 않아도 이미 노후를 살고 있다는 방증이 아닌가.

얼마 후 일터를 정리하고 무언가를 증명하려는 듯 방송 대학에 편입했다. 손자 돌보는 것이 주된 임무가 되었지만 계획했던 대로 고전과 만나려는 노력도 놓지는 않았다. 그러나 행간을 헤아리는 일은 시간만의 문제가 아니었다. 깊은 책 읽기란 자신의 소양과 다른 이름이 아니라는 깨달음. 어려웠다. 눈꺼풀은 무거워지고 페이지는 건너뛰기 일쑤였다. 스토리만 따라가는 것도 쉬운 일은 아니라며 나를 다독여 보지만 내가 증명해 보이려 했던 것이 무엇이었든 이제 내려놓아야 할 때가 되었나 싶다. 슬그머니 고개를 들기 시작하는 고질병, 게으름도 문제다.

창을 꼭꼭 여며 두는 겨울이 오기 전에는 새소리를 자명종 삼아 눈뜨는 날이 많았다. 부엌 창으로 야트막한 언덕을 내다보며 하루를 시작한다. 정오 즈음에 남편과 근처 호수 공원을 쉬엄쉬엄 걷는다. 나는 이 속살 고운 호수 공원에 빠져 있다. 찌그러진 8자 형태의 호수 한쪽 끝에는 위풍당당하게 선 검찰청과 법원이 있다. 요즈음은 공공 기관이라는 이유만으로 눈을 흘기면서 두 건물 사이를 지나 젊은이들이 한바탕 훑고 간 근처 식당에서 느지막이 점심을 해결한다. 커피 한 잔씩을 손에 들고 공원으로 돌아와 벤치에 앉으면 마음이 넉넉해진다. 코로나가 물러간다면 몇 개의 약속이 보태지겠지만 지금도 그리 불평하고 싶지 않다. 얼마 전까지만 해도 내가 계획한 삶과 누리고 있는 작은 여유가 흐뭇했다.

그런데 이것이 분수에 넘치는 과한 욕심이었나 보다. 이 지역에 새로운 도시를 건설하는 계획이 발표되었고, 대단지 아파트를 제외한 모든 건물과 토지가 수용 대상이라 한다. 내 거처가 내 뜻과는 상관없이 국가 기관의 계획에 따라 정해질 것이라는 데 달리할 수 있는 것이 없다. 삶의 계획이 거대한 힘에 휘둘리는 것이 화가 나고 우울하게 만들지만 아파트 외벽에 걸린 시뻘건 구호 역시 민망하고 불편하다. 아무 공공 기관에나 목을 세우고 눈을 흘기는 것이 나의 소심한 복수다.

산다는 일은 그것을 계획하고 자신의 의지만으로 실천하며 지켜 나갈 수 있을 만큼 호락호락하지가 않다는 것을 모르기야 하겠는가. 그러나 빗나간 계획은 공들여 그린 그림에 낙서를 해 버린 듯 허망하게 만든다. 계획이 무엇인가. 오늘이 내일에게 하는 다짐이며, 현재가 미래의 문 앞에 걸어 두는 등불이 아닌가.

또 다른 계획을 세우며 밤잠을 설친다. 이대로 주저앉는 건 내가 꾸리고 싶었던 삶의 다양성과 어울리지 않는 모양이다. 삶의 마지막 조각을 만드는 것도 도전이 될 수 있지 않겠는가. 애써 나를 다독이며 희망을 향해 손을 내민다. 희미한 불빛이 멀리서 깜박인다.

고통을 겪으면서 많이 배웠다

김창송

　고희를 지나 산수 미수를 건너 구순에 이르렀다. 끈질기게 살아 왔다. 이제는 원고 청탁도 사양하고 절필하고 보니 남는 것은 지난 날 아픔의 그림자뿐이다.

　"동인 문집을 준비 중이니 수필 한 편을 3월 20일까지 제출하라."는 통지문이 왔다. 이정림 선생님의 제자로 구성된 동인 모임이다. 선생과의 인연은 각별했다. 무역업에 평생을 다 바친 나로서 회사 창립 30주년을 기념하며 회고록을 쓰려고 한적한 산정호수가 바라보이는 어느 콘도에 짐을 풀었다. 그동안의 일기장과 메모 집을 방바닥에 늘어놓고 창립일 1968년도 3월 1일부터의 유관 자료와 사진들을 펴놓았다. 원고지 앞에 앉아 지난날을 회고하며 펜을 들었다.

　그런데 웬일일까. 무엇을 어떻게 써야 할지 도무지 앞이 캄캄하였다. 하루 종일 승강이질을 해도 원고지 한 장도 채울 수가 없었다. 보따리를 싸 들고 집으로 돌아오고 말았다.

　이튿날 서둘러 수필 강의 공부방을 찾아 나섰다. 그때 첫 번째로 찾아간 곳이 한국일보사 6층 강의실에서 가르치는 이정림 선생의 강의실이었다. 열 시 정각에 들어서니 벌써 교실에는 중년 여성들로 만석을 이루고 문간에 남자 수강생 두 분이 문지기마냥 앉아 있었다. 선생은 의아한 눈으로 나에게 자기소개를 하란다. 나는 주저하다가 몇 마디 하고 앉았다. 마치 여학생 교실에 잘못 찾아들어간 남학생같이 당황했다. 수치심마저 들었다. 분위기가 어색했다. 그 다음날 남산 아래에서 어느 남자 교수가 강의하는 곳을 물어물어 찾아갔다. 여기에는 남녀 학생이 골고루 자리하여 수강 분위기가 좋았다. 이곳에 바로 등록하려니 그날따라 접수창구 여직원이 결근을 하였다. 내주에 와서 입회하기로 마음먹었다. 그러나 어쩐지 한 번 더 이정림 선생의 강의를 듣고 싶었다. 두 번째 찾아간 이 날은 어쩐지 선생의 가르치는 강의 내용에 호기심이 갔다.

이리하여 드디어 등록을 하게 되었다. 그 후 4년을 다녔다. 물론 해외 출장도 강의가 있는 날을 피하고 다녔다. 열심히 다닌 4년의 세월 후 어느 날, 등단 통지문이 엽서로 왔다. 《에세이문학》 1999년 가을 호로 등단했다. 선생님을 모시고 등단 기념식도 했다. 그 후부터 수필을 선생님이 가르친 바대로 쓰기로 했다. 처음으로 《지금은 때가 아니야》를 비롯해 《환상의 여로》 《귀히 쓰이는 질그릇》 《비바람이 불어도》 《1달러의 애상》 《CEO와 수필》 《보신각종을 울리며》 《애상의 무역인생 60년》 등을 줄줄이 4, 5년마다 한 권씩 상재했다. 선생님이 가르친 바대로 불특정 다수의 독자들에게 감동을 주는 소재를 찾아 쓰려고 노력했다. 무역만을 오늘날까지 65

년간 하면서 국내외에서 보고 느낀 것이 누구 못지않게 많다고 자부했다.

수출입을 하느라 세계 백여 개국, 지구촌 44바퀴를 돌았다. 또한 국내 거래처는 물론 뇌경색 시술 후 의료진의 권고에 따라 심신 안정을 위해 팔도강산 수많은 산천을 지팡이 따라 찾아다녔다. 월남 후 피난살이를 하면서 자갈치 시장의 무장수를 비롯해서 환도 직후 야간 수위를 하면서 고학하던 일들, 현장의 아픔을 선생의 가르침대로 A4 용지 두 장 내외로 정석대로 명심하며 써 보았다. 그때마다 "허구를 도입해서는 안 된다."는 선생의 교재는 나의 큰 길잡이가 되었다.

등단하기 전에 회사 사옥을 준공하고 입주 기념으로 《비즈니스 기행》을 '상파울로에서 카사블랑카까지'라는 부제를 달아 출판했다. 이때 소재의 중점이 된 것은 아프리카 무역 통상 사절단장으로 나이지리아, 몬로비아, 라이베리아 그리고 이집트 4개국을 한 달에 걸쳐 다니며 그 나라 통상 장관들과 통상 회의를 하던 일이었다. 귀국해서 KBS, MBC, SBS를 비롯한 방송국에서의 인터뷰 등을 통해 해외 시장의 동향을 설명하면서 화제가 되었다. 많은 글쓰기 소재들을 모아 놓았다.

근간에는 한국수입협회의 연수원장으로 여기저기 강의를 하면서 수필의 필요성을 강조했다. 수필 기법은 강의 기법에도 적용되었다. 나는 세계 조직인 국제기독실업인회(CBMC)나 인간개발원, 최재형 장학회 기금 모금 등 경제 단체에서도 이야기할 기회가 많았다. 심지어 CBMC 아시아대회를 하면서 배운 바대로 귀납적인 수필 기법을 인용하면 독자나 시청자나 그리고 강단에 모인 회원들이 감동하며 동감하기도 했다.

어느덧 망구(望九)의 정점까지 오르고 보니 지난날 내가 몸 바친 경제 단체들이 어느덧 창립 70주년, 창립 45주년, 창립 50주년이 되었다. 창립 기념 에세이집 세 권 모두 수필가라는 특권으로 내가 편찬위원장을 맡아 완성했다. 이것 역시 이정림 선생님이 가르쳐 준 살아 있는 강의 덕분이다. 잊을 수 없는 일 또 한 가지는, 신당동 어느 경로 대학을 창립하고 그 학교의 학장을 24년간 하면서 선생의 수필 교재로 강의한 일이다. 노인 학생들은 눈물로 수료식을 하면서 고마워했다.

지난날 병마와 싸우시는 등 희로애락을 넘어 선생님도 어느덧 산수(傘壽)의 기념을 맞게 되었으니 눈물겹도록 기쁘고 반갑다.

그때 그날 수필 강의실 문간에 수줍게 앉아 있었던 추억이 새삼 아스라이 떠오른다. 사람이 살아가면서 삶의 길목에서 누구를 만나느냐가 중요하다고 했다. 선생님은 나에게 어느 골목길에서 조우한 밝은 불빛이었다. 인생사 되돌아보면 "고통을 겪으면서 많이 배웠다."는 괴테의 말 그대로가 아닌가.

공익 신고의 날에
—소인(消印) 없는 편지

이문옥

  친구여! 오늘 12월 9일은 정부가 나흘 전에 선포한 첫 번째 맞는 '공익 신고의 날'입니다. 친구가 공익 제보를 했다가 공무원을 그만 둘 수밖에 없었던 50여 년 전과 내가 친구의 도움을 받아 가며 양심선언을 했던 28년 전보다는 많이 좋아졌습니다. 후손들이 살아갈 세상은 더욱 밝아질 것 같습니다.

  나는 오늘 같은 뜻깊은 날을 그냥 넘길 수 없어 광화문 거리에 나갔습니다. 그곳은 친구가 살던 청운동 아파트와 공무원으로 재직하다가 그만둔 직장에서 지근거리에 있을 뿐만 아니라 우리들이 매일 출퇴근하던 통로이기도 합니다. 또한 우리가 군 복무를 하느라고 소식을 끊고 지내다가 3년여 만에 처음 만났던 거리이기도 합니다. 우리는 그때 너무 반가운 나머지 얼싸안았던 기억이 생생합니다. 마치 우리의 초등학교 교과서에 나온 '의좋은 형제'가 달빛 아래서 껴안은 그림처럼 말입니다.

  친구여! 그 광화문 거리가 언제부턴가 광화문 광장으로 불리는 것을 알고 있는지요? 재작년 이맘때는 주말마다 많은 사람들이 촛

불을 들고 광장에 나와서 집회를 열었습니다. 나도 계속 참석했지요. 그 많은 사람들과 일렁이는 촛불의 바다, 어느 촛불에는 홍조 띤 친구의 얼굴이 반사되어 보이는 듯했답니다. 오늘도 나는 친구의 환상이라도 보고 싶었습니다만 보이지 않더군요.

나는 친구가 공무원으로 근무하다 그만둔 그 직장 앞에도 가 봤습니다. 걸어서 불과 5분 거리에 있거든요. 반세기 전의 친구의 일을 기억해 냈습니다. 그때 친구는 나에게 이런 말을 했지요. "국민에 대한 봉사자인 공무원으로서 너무 큰 부정을 저지른 상사를 윗선에 보고했는데, 그분은 그 자리를 계속 지키게 되고 내가 다른 자리로 옮기더라고. 그래서 내가 그만둘 수밖에 없었다."고. 그때 나는 얼마나 놀랐는지 모릅니다. 일자리를 얻기가 '하늘의 별 따기'처럼 어렵기도 하지만, 노모를 모시고 살면서 어떻게 그런 용기를 낼 수 있을까 싶어서였어요. 친구가 존경스러웠답니다. 오죽했으면 "하늘은 스스로 돕는 자를 돕는다."는 말과 "사람이 뭔가를 간절히 바라면 우주의 기운이 도와준다."는 말도 믿고 싶었습니다. 그래서 친구에게 좋은 일이 일어나기만 간절히 기원했답니다. 천만다행으로 친구는 누님의 도움과 고학으로 학업에 정진할 수 있었지요. 결국 상위 학위를 얻어 고등학교 교사가 되고, 박사 학위를 취득하여 정년까지 대학교수로 재직하였습니다. 친구는 공익 제보로 받은 불이익을 전화위복의 기회로 만들었지요.

친구여! 내가 공무원이 된 것도 친구의 덕분이었답니다. 나와 고등학교 동기 동창인 친구는 나에게 보통 고시에 응시하라고 권했지요. 나는 그때 우리나라에 그런 시험 제도가 있는지도 몰랐습니다. 친구의 권유를 받아들여 그 시험에 응시하여 합격하였지요. 그후 병역 의무를 마치고 공무원이 될 수 있었답니다. 친구는 나에게 어둠을 밝혀 준 등불 같은 존재였답니다. 그런 친구의 공익 제보 행위를 어찌 잠시인들 잊을 수 있겠습니까.

나는 친구의 상사와 같은 부정 공무원을 만나지 않기만을 간절히 바라면서 20여 년 동안 잘 근무했습니다. 그런 나에게 정말 바라지 않은 중대한 일이 생겼습니다. 직장을 그만둘지도 모르는 일이어서 아내와도 상의할 수 없는 일이었지요. 그때 대학교 교수로 재직 중인 친구가 가까이 있어서 얼마나 다행이었는지 모릅니다. 우리는 숙의한 끝에 내가 겪은 사실을 신문을 통해 국민에게 알리기로 했지요.

나는 관련 자료를 신문사에 갖다 주고, 참고 자료는 친구가 맡아 보관했습니다. 그로부터 몇 달 후 삼청공원에 아까시 꽃이 필 무렵 그 신문사로부터 한 통의 전화를 받았습니다. "내일 신문에 보도됩니다."라는. 나는 예정대로 3일 동안 집을 떠나서 지내기로 하고, 즉시 강릉으로 가서 친구와 만났지요. 서로 기다리던 일인데도 친구는 나에 대한 걱정을 많이 하더군요.

이튿날 친구는 나에게 신흥사 입구에 있는 여관을 잡아 주고, 내 아내와 아이들을 안심시키기 위해 서울로 올라갔지요. 나는 설악산 권금성에 올라가 우리 사회에 뿌리내린 부정부패를 줄이는 데 기여할 것을 새삼 다짐했답니다. 그때 내 눈에 보이는 하늘과 땅,

산과 들은 왜 그렇게도 아름답게 보였는지…. 앞으로 들어갈지 모를 감방을 생각했을까요.

나는 예정한 날에 직장에 출근하여 감찰 조사와 검찰 수사를 받은 후 다음날 바로 서울구치소에 수감되었습니다. 공무상 비밀 누설 혐의였지요. 내가 감방에 있는 동안 친구는 직접 차를 운전하여 내 아내와 함께 구치소로 나를 면회하러 다니면서도, 바쁜 시간을 쪼개어 신문사에 찾아가 고맙다는 인사도 했다지요. 또한 지인들과 고등학교 동기생들에게 나의 행위가 정당함을 알리는 등 백방으로 뛰어다녔고요. 친구에 관한 고마움을 어찌 필설로 다할 수 있겠습니까.

나는 60일 동안 감방에 있으면서, 당시 미국에 공익 제보자를 보호하는 제도가 있다는 사실을 알았습니다. 그 후 계속해서 그 제도의 필요성을 국민께 알렸습니다. 세월이 흐르면서 여러 시민단체와 대다수 국민이 호응하여 12년 만에 제도화되었습니다. 공익 제보가 공무원의 의무로 규정된 것이지요. 친구와 같이 알게 모르게 용기를 낸 많은 공익 제보자들의 힘이 컸지요. 나아가 청와대 공무원의 공이 제보(문건 유출)는 정권의 퇴진으로 이어졌고, 정부가 오늘을 '공익 신고의 날'로 제정하기에 이르렀습니다. 친구와 내가 바라던 밝은 세상은 반드시 오고야 말 것입니다.

우리 집 그림 얘기

김옥진

    우리 집에는 그림이 여러 점 있다. 내가 구입한 것은 극히 일부이고 대부분은 친정아버지로부터 받은 것이다. 현관에 들어서면 제일 먼저 눈에 띄는 풍경화가 있는데, 이는 사십육 년 전, 아버지로부터 받은 결혼 선물이다.

    결혼 즈음에 아버지는 나를 앞에 앉히고 여러 가지 당부의 말씀을 하시더니 풍경화 한 점을 나에게 주셨다. 나는 소중히 받아들고 내 짐 속에 넣어 와 신혼집 벽에 걸어 놓았다. 그리고 세월이 흐른 지금까지 집에서 눈에 띄는 벽면에 걸어 놓고 있다.

    어려운 시국 속에 봄을 맞는 이즈음, 새삼스레 이 그림을 보면서 생각에 잠긴다.

    그 그림은 아버지가 아끼는 그림임을 이미 난 알고 있었다. 그 그림에 대한 설명은 여러 번 들어 잘 알고 있었는데, 그린 분은 아버지의 화가 친구로, 가깝게 지내시는 분이었다. 그분의 함자를 대면, 더구나 약력을 알고 나면 누구나 고개를 끄덕일 정도로 인지도가 높은 분이다. 그런데 그 그림 속 풍경은 아버지 해설로는 그분의 고향을 그린 것으로 모악산 풍경이라 하셨다. 화가 자신의 고향을 그린 것이지만 내가 나고, 어린 시절을 보낸 곳이기도 하다.

그림 속 풍경은 멀리 산이 있고, 산 중턱에는 집들이 조그맣게 옹기종기 모여 있다. 그 앞으로는 밭이랑이 줄을 이룬, 잘 가꾸어진 밭에는 분홍빛 복사꽃이 무리 지어 피어 있다. 좁은 산길도 나 있고 길옆으로는 나무들이 연둣빛 신록으로 피어나고 복사꽃 위로는 봄 아지랑이가 피어오를 것 같은 평화롭고도 따뜻한 봄 풍경의 서양화다.

내가 자랄 때, 아버지는 퇴근하시면서 가끔 그림을 한두 점 들고 오시곤 했다. 그 그림을 한동안 거실 벽에 기대어 놓으셨는데 오며 가며 우리 형제들에게 보라고 하셨을 뿐 강요하지는 않으셨다. 나는 그때 무엇이 그리 바빴는지 대충 훑어만 보고 그리 관심을 두지 않았다. 그러나 시간이 지나면서 무심히 지나쳤던 그 그림이 눈에 들어오기 시작했다. 어느 날은 나를 부르는 것도 같았다. 그리고 얼마 지난 후 아버지는 우리들에게 그림을 본 소감을 묻곤 하셨다. 서두르지도, 강요도 하지 않으셨지만, 나에게 변화가 오기 시작했다. 그리고 차츰 친근함으로 다가오며 그림이 눈에 더 들어오기 시작하면서 차츰 안목도 높아 갔다. 그림에 대한 설명을 잘해 주신 아버지 덕이었다.

지금도 기억에 남는 말씀이 있다. 벽에 걸려 있던 동양화 한 폭을 가리키시며 소치 그림이라고 하시며 매우 귀한 그림이라고 하셨다. 그리신 분의 호가 소치인데 구한말의 화가로 임금님도 칭찬

하여 손을 어루만져 주셨다고, 소치 선생은 임금님이 만져 준 손이라 하여 그 손을 붕대로 감고 한동안 지냈다는 일화를 들려주기도 했다. 또 서양화 한 점을 보시면서 이곳 배경이 미국 뉴욕의 센트럴 파크라고 하셨다. 그때는 미국을 가 보지도 않아 실감이 나지 않았지만 후에 내가 뉴욕을 여행했을 때 일부러 센트럴 파크를 찾아간 동기가 되기도 했다. 그러면서 차츰 그림에 대해 관심과 애정이 생기면서 소치, 미산, 남농으로 이어지는 운림산방에 대해서도 알게 되었다.

내가 중학교에 들어가 미술 시간이 되었는데 미술 선생님은 우리가 그린 그림들을 칠판에 죽 걸어 놓으시고 아버지가 우리에게 하셨던 방식대로 소감을 발표하게 하셨다. 난 익숙하여 집에서 하던 대로 좋았던 점을 발표하자 친구들이 박수를 쳐 주기도 했다.

아버지의 직업은 중앙부처의 공무원이셨다. 그렇지만 꽃과 나무를 유독 사랑하시고 살아 있는 것들을 귀히 여겨, 우리 집에는 꽃과 나무뿐만이 아니라 동물도 많이 길러 복잡한 만큼 잔일도 많았다. 새끼 강아지들, 어미 개, 고양이 심지어 어느 땐 비둘기까지 키웠는데 또 여기에 덧붙여 그림 사랑은 깊고도 남달랐다.

아버지는 예순아홉, 그때 내 나이가 마흔 중반에 있을 즈음, 생을 마감하셨다. 내가 교직에서 왕성하게 활동할 때였는데 그해 5월 어느 날 근무 중에 느닷없이 아버지로부터 처음 전화를 받았다. 아버지의 목소리가 예사롭지 않았다. 그로부터 병원 생활이 시작되어 정확히 7개월간 투병하시다 그해 12월에 운명하셨다. 그해는 내 인생에서 가장 슬픈 해가 된 것은 말할 나위도 없다.

병환 중에도 아버지는 나에게 소장한 그림에 대해 얘기를 꺼내셨다. "내가 수집한 그림은 출장비를 아껴서 모은 것이다."라고. 그리고 갖고 계신 여러 그림을 언급하시며 그림의 가치도 말씀해 주시며 정리를 해야 되겠다고 하셨다. 그러시면서 그림은 전공한 이에게, 그게 누구라도, 거기엔 우리 형제가 아닌 그 누구도 불사하지 않고 주겠다는 의지가 담겨 있었다. 어느 누구 속에는 며느리도 포함된 것을 공고하시는 것도 같았다. 나는 아버지의 의중을 알기에 차마 그림에 관한 말은 입에 담지 않았다. 다만 아버지 처분만 기다렸다. 그러나 동생들은 남은 그림을 나누어줄 것을 조르기도 했다.

평소에 아버지는 그림 전시회에 자주 가셨는데 어느 날은 그곳에서 천경자 화백을 만났다고도 하셨다. 화가들의 모임인 '목우회'에 대한 얘기도 자주 들려주셨는데 그곳은 전국의 유망한 화가들의 모임으로 그곳 전시회를 자주 찾아 교분을 쌓았다고, 그곳 화가들로부터 그들의 초창기 그림을 소개받아 가끔 구입도 하셨다고 했는데, 유망한 화가들의 초창기 작품은 비교적 저렴하게 구입할 수 있는 기회가 된다고, 그림 구입하는 방법도 일러 주셨다.

나도 재직 중에 그림 한 점을 구입한 적이 있는데 같은 학교에 근무했던 미술 선생의 화가 친구의 초기 전시회에 갔다가 사게 되었다. 꽃바구니를 그린 정물화로 색감과 구도가 안정감을 주어 지금도 내 곁에 놓고 보고 있다.

또 한 점은 동생 그림을 사 준 적이 있었는데 동생이 화가 지망생 시절, 동호인 전에 출품한 작품인데 사기 진작을 위해서 사 주었다. 그런데 지금 보아도 꽤 괜찮은 작품이다.

그 후 아버지는 급작스레 임종을 맞게 되셨는데, 큰딸인 나에게 몇 가지 집안일에 관한 유언을 하셨다. 그런데 그림에 관한 말씀은 없으셨다. 그림을 정리하실 틈도 갖지 못한 채 바삐 눈을 감으셨다. 그때 아버지 연세가 예순아홉, 어머니는 그로부터 십육 년을 우리 곁에 계시다 가셨는데, 어머니도 어느 날 갑자기 병원에 입원하시자마자 혼수상태가 와 열흘 만에 훌쩍 떠나시고 말아 그림의 행방은 묘하기만 했다.

어머니 장례를 마친 후 우리는 비로소 그림을 떠올렸다. 날을 정해 우리 형제 칠 남매와 며느리 둘과 함께 어머니의 유품을 정리하기 시작했다. 집안을 두루 살폈으나 처음엔 그림을 발견할 수 없었다. 구석구석에 어머니가 공들여 쓰신 오래된 살림들, 장롱, 자개장이며 옷가지, 살림들만 눈에 띌 뿐이었다.

그런데 유품을 정리하던 중, 예견된 일이 벌어지고야 말았다. 구석진 창고 속에서 두꺼운 종이로 꼼꼼하게 싸 놓은 액자들이 줄줄이 나오는 게 아닌가. 아버지가 돌아가시자 어머니는 남은 그림들을 두꺼운 종이로 싸서 창고에 깊숙이 넣어 놓으셨던 것이다. 벽에 걸려 있던 액자며 족자, 동양화, 서양화말고도 유화 작품 스무 점 이상이 고스란히 나온 것이다. 우리 모두는 노다지를 발견한 듯 한동안 입을 다물지 못했다. 예상은 했지만 그 이상이었다. 생각해 보니 그 그림들은 아버지가 평생을 바쳐서 얻은 그야말로 보석과 같은 귀한 것들이었다. 박봉의 관리로 평생을 사시면서 우리 칠 남매를 교육시키느라, 집안의 종손으로서 할 일을 다 하시느라 허리가 휘셨을 터인데 아버지는 그림에 대한 열정을 끝까지 잃지 않으셨던 것을 알 수 있었다. 아마도 그 열정이 아버지의 삶을 남다르게 만든 것이 아닐까 지금도 생각된다.

그러나 그보다 더 놀라운 일은 그다음이었다. 어머니 장롱 위 서랍에서 허름한 신문지로 싼 두루마리 뭉치가 나왔다. 헌 신문지에 돌돌 말린 뭉치를 별생각 없이 펴 보았다. 아! 그것은 낡은 신문에서 오려서 수집해 놓은 문화재급 그림뿐 아니라 세계적으로 이름난 조각이며 불상, 도자기의 해설문이 쓰여 있는 신문 조각들을 모아 놓은 것이었다. 어머니는 그 낡은 신문 뭉치를 버리실 법도 한데, 아버지가 얼마나 귀히 여기셨길래 아버지 가시고도 평생을 장롱 속에 고이 간직하고 계셨을까.

나는 두루마리 속 그림을 본 순간, 가슴이 뭉클해지며 무언가가 벅차올라 한동안 말문이 막혔다. 그동안 아버지가 그림에 대하여 얼마나 깊은 애정과 열정을 지니셨던 분인가를 증명이라도 하듯 당당한 실물이 나타난 것 같았다. 그 신문 조각을 펼치니 사임당의 초충도, 불국사, 석불, 풍속화며, 산수도, 동양화만이 아니라 발레하는 소녀가 있는 인상파 화가의 그림들도 있었다. 색 바랜 그림과 함께 해설이 빼곡히 적혀 있었던 신문 조각들. 대부분은 우리 신문의 문화면이 많았고 간혹 일본 신문에서 오려 낸 것도 있었다.

나는 화가인 동생에게 그 뭉치를 정리해 놓을 것을 명령(?)했다. 큰딸로서 비록 신문 조각 그림이지만 아버지 유품으로 꼭 남겨야 될 것 같았다. 아버지의 숨결이 스며 있는 것이기에 그 어떤 그림보다 귀하다고 여겨졌기 때문이다. 우리 형제들은 신문 조각 그림들을 앞에 놓고 한동안 말없이 눈물만 흘렸다.

아버지는 화가가 되고 싶으셨을까. 그보다 그림에 대한 애정과 열정을 평생 간직했다는 점이 가슴을 울린다. 우리들에게 비록 재물은 남겨 주지 못하셨지만 그림뿐만이 아니라 인생을 풍요롭게 살아가는 법을 당신의 삶의 모습으로 보여 주신 것 같다.

세월이 흐를수록 아버지를 향한 그리움과 존경심은 깊어만 간다. 지금쯤 모악산 기슭의 복사꽃 마을에는 아지랑이가 피어오르고 있겠지.

추임새

장혜자

비닐봉지에 넣어 둔 두꺼운 책에 눈길이 간다. 오십여 년간 앉은 세월의 더께로 누렇다 못 해 검은 빛을 띤 책은 쇠잔한 노인의 모습과도 같다. 만지면 종잇장이 바스러져 가루가 되어 떨어진다.

내 젊은 시절의 추억이 녹아 있는 이 책은 당시 화려한 책 치레를 한 《요리백과(料理百科)》이다. 어릴 때부터 집을 떠나 타지에서 학창 시절을 보낸 나는 어머니가 음식을 만드시는 것을 가까이에서 볼 기회가 없었다. 늦은 나이에 결혼을 하고 자식들 뒷바라지에 끙끙대던 때 살림살이를 가르쳐 줄 어른들은 계시지 않았고, 이웃에게 묻기도 계면쩍어 생각해 낸 것이 직장 생활을 할 때 사다 놓은 요리책이었다.

교편생활을 접고 전업주부가 되니 네 아이를 씻기고, 먹이고, 재우는 일이 서툴러 힘들기만 했다. 그중 세 끼 식사 준비는 보통 일이 아니었다. 나는 날마다 요리책을 뒤적이며 끼니마다 새 반찬을 만들기에 여념이 없었다. 음식의 재료를 메모한 후 아기를 업고 이삼십 분은 족히 걸리는 재래시장에 다녀오곤 했다. 시장에 나가는 길이면 결혼해 처음으로 내 집을 장만하고 문패를 붙인 우리 집을 화사하게 꾸미려고 한 손에는 화분과 꽃들을, 또 다른 손에는 찬거리를 들고 산자락 아래 주택 단지를 힘겹게 오르내렸다.

하루 스물네 시간이 모자랄 정도로 손에 익지 않은 일은 끝이 없었다. 그러면서도 연탄 화덕을 썼던 부엌 부뚜막에는 언제나 요리 백과 책이 펼쳐져 있었다. 재료의 비율과 만드는 과정을 익히느라 몇 번씩 읽고 또 읽었다. 어쩌면 한때 열심히 매달렸던 사법 시험 공부보다 더 열정을 쏟았을는지도 모른다.

퇴근한 남편과 아이들이 밥상머리에 앉으면 정성껏 준비한 음식을 차렸다. 나는 늘 시험장에 앉은 불안한 수험생처럼 식구들의 입맛에 잘 맞을까 궁금해하며 표정들을 살폈다. 내 마음을 짐작했는지 남편은 한 젓가락 맛을 보고는 "얘들아, 이건 이 세상에서 두 번째로 맛있는 음식이야. 먹어 봐." 하며 아이들의 호기심을 불러일으켰다. 남편의 이 한 마디에 밥상머리는 웃음꽃이 피곤했다. 그런데 제일이나 첫 번째로 맛있다는 말 대신 두 번째 또는 세 번째라고 말하는 것은 나에게 더 분발하라는 의미도 숨겨져 있었을 것이다.

명절이 되면 내 손길은 더 바빠졌다. 이번에는 강정까지 만들어 보기로 했기 때문이다. 땅콩과 볶은 콩 그리고 들깨를 준비했다. 물엿에 설탕을 넣고 끓여 만든 강정은 아이들의 좋은 간식거리가 되었고 성장에도 필요한 먹을거리였다. 중년이 된 아이들이 지금도 강정을 둔 다락방에 몰래 올라가 군것질한 얘기를 할 때면 서로

쳐다보며 멋쩍은 표정을 짓다가 환한 얼굴로 변한다.

주부 수련에 바빴던 어느 때, 남편은 친척이 내 음식 솜씨를 묻자 "열심히 하려고 해요."라는 말로 난처함을 피하더라는 말을 듣기도 했다. 모자란 솜씨를 나무라지 않고 기다려 주는 남편이 고맙기도 했다. 세월이 흘러 남편이 약식이나 갈비찜은 별 몇 개 정도의 평점을 주겠노라 했으니 그 말은 내게 힘내라는 추임새일 거라 생각했다. 그러고 보니 내 자존심도 회복하고 요리책의 덕도 톡톡히 본 셈이다.

남편이 오랜 해외 근무를 끝내고 돌아온 후 지금까지 우리 식탁은 늘 화기애애하다. 둘만의 식사가 끝날 때 남편은 종종 일어서서 정중하게 허리를 굽혀 "잘 먹었습니다. 감사합니다." 하고 인사를 건넨다. 그러면 나도 "고맙습니다." 하고 답례를 한다. 식탁에서 이런 남편의 추임새 같은 말은 서로에 대한 관심을 높여 주고 표정도 밝게 한다. 이제는 부부가 함께 지내는 시간이 많아져 사회 문제나 정치 문제를 논하기도 하고 밋밋한 일상에서 웃을 거리를 찾아내려 애쓴다. 각자 자기 취향대로 하루를 보내지만 식탁에만 앉으면 이야기가 많아진다. 식탁은 우리 집의 대화 장소이다. 나이 들어 몸도 쇠약하고 마음도 우울해하는 친구의 사정을 듣고 어떻게 위로할까 궁리도 하고 도울 방법도 함께 생각해 본다. 남편은 여러 모임에서 일어나는 불편한 관계를 잘 풀어낼 비법이 없을까 고민하다가 좋은 방법을 함께 찾아보려고 나와 의견을 나누기도 한다. 세월이 사람을 만든다더니 모나고 울퉁불퉁한 성미는 쌓인 나이테로 갈고 다듬어져 부드러운 모습으로 바뀌어 가니 새삼 황혼이 아름답다는 생각도 든다.

집에서 남편은 가끔 학예회 때 독창으로 불렀던 동요를 흥얼거리기도 하고, 웅변대회에서 열변을 토했던 구절들을 외쳐 보기도 한다. 그러다가 무료해지면 평소에 즐겨 부르는 우리 가곡 한 가락을 부르기 시작한다. 나도 함께 그 분위기에 어울린다.

어느 누구도 순탄한 일생을 보내기는 어려울 것이다. 힘겨운 날에는 자기 이름을 크게 불러 주어 스스로 웃음으로 여유를 찾고, 자기를 위로하는 추임새로 새 날을 맞이할 수도 있지 않을까. 하물며 지루하고 번잡한 일상에서 누군가 곁에서 '얼씨구' 하며 추임새를 넣어 준다면 생활에 지친 나를 일으켜 세우는 버팀목이 되지 싶다.

화아한 냄새

이필영

어머니는 어린 나를 새앙개*라고 불렀다. 걸핏하면 반찬에서 이 상한 냄새가 난다며 밥 먹기를 거부했다. 초등학교 저학년 때는 냄 새 때문에 구토를 하다가 조퇴한 적도 많았다. 지금도 자신이 향내 를 지녔는지 악취를 내뿜는지는 모르는 채 외부의 냄새에 지나칠 정도로 불편을 겪는다. 특히 온갖 향수와 로션, 헤어스프레이와 립 스틱 냄새가 뒤엉킨 출근 시간대 버스를 탈 때면 구토가 날 것 같 아 애를 먹는다. 친구들은 하등 동물이냐고 핀잔한다.

은행나무 열매는 딱딱한 속껍질 밖에 악취를 풍기는 말랑한 겉 껍질이 한 겹 더 있다. 밤새 떨어진 열매가 출근길 발걸음에 짓뭉 개져 신발에 달라붙으면 종일 냄새를 떨쳐 내지 못한다. 황금빛 낙 엽 아래 숨어 있는 열매를 밟을까 봐 지그재그로 걸을 때면 내 뱃 속에도 그럴듯한 포장지에 싸인 불쾌한 냄새가 얼마쯤 숨겨져 있 을까, 슬쩍 궁금하다가 아뜩해지기도 한다.

"아 냄새, 이건 무슨 냄새지?" 문을 닫고 사는 겨울철이면 음식 냄새가 날 때마다 매번 어머니를 불편하게 했다. 하루는 동생이 직상에서 송년 선물로 여행용 화장품 세트를 받아 왔다. 이것저것 냄새를 맡다가 탁구공만 한 '코오롱 향수'를 신선하다고 했더니 어머니가 퇴근 시간에 맞춰 집 안 공기를 바꾼 후 향수를 뿌려 놓았다. "오늘은 공기가 신선하네." 그 말을 들은 어머니는 딸의 퇴근에 맞춰 향수를 확확 뿌려 댔다. 선물용이 바닥나자 대용량을 사 왔다. 노인이 되면 몸에서 진이 빠져나와 냄새가 난다며, 당신 몸에도 뿌려 대니 온 집 안에 향수 냄새가 진동해 숨을 쉴 수 없었다. 향수를 세면기에 부어 버리고 밤새도록 문을 열어 놓는 난리를 피우고야 어머니의 향수 사랑은 잦아들었다.

친구들과 며칠씩 여행할 때면 차 안에서 생리적인 불편을 겪는 일이 적지 않다. 누구든 냄새를 풍길 때면 창문을 내리기로 약속하지만, 날씨가 추우면 비밀스레 일을 치르고는 내 반응을 살핀다. 한번은 아무 말이 없기에 '하등 동물이 고등 동물이 되었나.' 하고 한소리 날리려는 순간 차창을 스르륵 내리더란다. 그런 행동을 처음 접한 사람들은 나를 유난스럽게 볼 수도 있겠지만 고쳐 보려고 애써도 몸이 먼저 반응한다. 그뿐만 아니다. 날이 갈수록 심해진다.

최근 세간을 부글부글 끓게 하는 '화천대유 천하동인' 사건을 두고 친구들이 '사냥개'의 코를 지녔으니 돈 냄새 나는 곳을 귀신같이 맡아 내라고 부추긴다. 나는 하등 동물이 돈 냄새를 맡아 내는 것 봤느냐고 시큰둥하게 답한다. 살아오는 동안 어디에서도 맡지 못했지만, 내 속에도 돈 냄새를 맡고 싶은 욕망이 빙산처럼 숨어 있을 거다. 유행어가 된 '화천대유하세요'는 돈벼락을 맞으라는 풍자다. 누군가 떼돈을 벌 수 있다며 화천대유의 기획을 내게도 타진해 오면 생빚을 내서라도 승부수를 던져 볼 용의가 과연 없을까. 꿈에서도 그런 일은 없겠지만, 혹여 그 많은 돈이 생긴다면 돈방석에 앉아 퀴퀴한 냄새만 콩콩 맡다가 질식해 버릴지도 모르겠다.

딸이 신선하다고 말한 순간부터 코오롱 향수를 천하제일로 믿었던 어머니. "니는 꽃다운 처자인기라. 화아한 냄새가 나야지." 출근하는 딸의 등에 향수를 뿌려 주던 그날로부터 산을 넘고 물을 건너온 아득한 날들. 사람은 대부분 자신이 속한 관계만큼의 다중적인 자아로 살아간다고 한다. 나는 어떻게 살아왔나. 신문을 읽을 때 먼저 읽는 기사는 대부분 사회적 이슈다. 그런 내용들이 눈길을 끄는 것을 보면 사회적 삶의 방식에 있어서는 세상과 담쌓고 산 것은 아니었다. 그럼에도 내가 생명이기 전에도, 목숨을 박탈당한 후에도 남아 있을 세상을 어떻게 바라봐야 하는가. 그런 형이상학적인, 너머에 너머의 의미를 탐색한답시고 많은 날을 환희가 없는 존재로 스스로를 전락시켰다.

날렵한 걸음으로 출근하여 성실히 근무했으나, 뚜벅뚜벅 퇴근하는 발걸음 속에 남몰래 감추었을 비틀거림. 현실과 어울리지 못한 관념들이 피할 수 없는 일상에 굴복되던 순간의 씁쓸함. 하루에도 천만 갈래나 웃자라는 탄식과 잡념을 쑤셔 넣었던 내 삶의 지층에는 어떤 냄새가 퇴적되어 있는가.

나이가 들면 매일 샤워를 하고 외출할 때 향수를 뿌려야 한다는 실버의 행농 강령이 떠돈다. 그것은 나의 기준점과는 별개로 상대방 눈치를 보며 살 나이란 말인가. 아니면 지켜야 할 최소한의 예의이고 자존인가.

외출 차림을 하고 우두커니 거울을 본다. '화아한' 냄새가 사라졌으니 향수를 뿌려야 하나. 시인은 말했다. "절경은 시가 되지 않는다. 사람의 냄새가 배어 있지 않기 때문이다. 사람이야말로 절경이다." 혹여 나도 이쯤에서는 절경이 되어 있기를 바라는가. 다정함보다는 대체로 무심했던 인간관계들, 책임은 다하지만 전력하지는 않았던 일상의 날들, 살면서 나는 울지 못했다. 아니 울지 않았다. 그런 주제에 산촌의 저녁연기 같은 사람의 냄새를 욕심내는가.

*새앙개: 사냥개의 경상도 방언.

아내의 잔소리가 고맙다

이만규

아들 셋을 출가시킨 우리 부부는 경기도 분당에 살고 있다. 세종 조 명재상 맹사성(1360~1438)이 퇴직 시 하사받았다는 영장산(맹산)을 오르내리며 자연을 벗 삼아 소일하고 있다. 내가 대학을 갓 졸업한 이십 대 초의 아내를 신부로 맞이한 것도, 세파에 시달려 약아 빠진 여성을 싫어했던 내 성격과 무관하지 않았다. 보통 키에 아담한 체격의 아내는 고희를 훨씬 넘었는데도 '시골 소녀의 수줍음'이 아직 남아 있어 여성스러운 매력을 조금은 엿볼 수 있다. 그런데 그 수줍음 잘 타던 아내가 근래에 와서 잔소리가 부쩍 늘었다.

같이 산책을 하면서도 "길을 걸을 때 허리를 꼿꼿이 세우고 어깨를 펴고 다녀라." 집에 도착해서도 "책을 좀 정리하고 방을 깨끗이 사용해라." 등 잔소리가 이어진다. 여자들은 나이가 들수록 잔소리가 많아진다고 한다. 젊었을 때 구박받고 살아온 것에 대한 앙갚음일까.

결혼 초 나는 아내에게 잔소리를 많이 했다. "옷을 바꿔 입어라.

구두를 다른 걸로 신어라." 결국 내 취향에 맞도록 아내를 간섭한 것 같다. 《시경(詩經)》에 나오는 요조숙녀(窈窕淑女)를 바라는 마음이 아니었을까 싶다. 《시경》에는 "요조숙녀야말로 군자의 배필이다. 깊고 아름답고 그윽한 심성을 가지고 전쟁과 정사에 지친 남자의 마음을 헤아릴 줄 아는 여자를 말한다."고 했다. 내가 젊었을 때 했던 잔소리가 이제 '부메랑'이 되어 되돌려 받게 된 듯하다.

사실 부부가 화를 내는 발단은 대부분 사소하고 하찮은 일에서 시작된다. 아내가 내게 방을 치우라는 것도, 책들이 온방에 널브러져 있으니 잘 정리해서 치우라는 것이다. "알았어, 그렇게 할게." 했으면 될 것을 "뭘 그리 사사건건 간섭이야, 당신 방이나 잘 치우지." 하며 약간 불만스러운 표정으로 쏘아붙였기 때문에 문제가 생긴 것이다. 남편의 알량한 자존심 때문이었을 것으로 생각된다.

결혼 후 아내는 남편과 아들, 가족만을 위해 살아왔다. 그에 비해 나는 어땠을까. 사내아이만 셋을 기르느라 정신없던 아내에게 '게으르다, 몸이 둔하다' 등 불만만을 털어놓았다. 요즘, 며느리가 딸 둘을 기르면서 힘들어하는 것을 보고, 아내가 아들 셋을 키우느라 얼마나 힘들었을까 자책하며 반성한다. 지나간 날들은 되돌릴 수 없으니 더욱 안타깝고 가슴이 미어지는 것 같다.

잔소리를 많이 하는 사람들의 심리에는 '나는 너보다 많이 알고, 경험도 많고, 우월하다'는 인식이 자리 잡고 있다고 한다. 하지만 아내의 잔소리와 간섭은 관심과 사랑의 또 다른 언어가 아닐까 하는 생각이 든다. 아내의 잔소리가 오히려 남편의 수명을 연장시켜 준다는 연구 결과도 있다. 잔소리와 간섭은 당장은 싫어도, 그로 인해서 자극을 받아 뇌 활동을 촉진 시키므로 생명 연장으로 이어진다는 것이다. 수족관에 사는 작은 물고기들이 다른 큰 물고기들한테 잡혀 먹히지 않기 위해 민첩하게 움직이기 때문에 운동량이 많아져 수명이 연장된다는 이론과 맥을 같이한다. 그렇다면 아내의 잔소리와 간섭을 고맙게 여기며 즐거운 마음으로 받아들여야 하지 않을까 싶다. 잔소리는 교육적으로 전혀 효과가 없을 뿐만 아니라 학습 효과도 저조해 성적이 나오지 않는다는 주장도 있다. 그러나 '돈을 아껴 써라, 남들이 돈을 쓰지 않으려고 할 때, 먼저 계산하라. 어려운 친구를 돕는 데 앞장서라.' 등 어머니의 잔소리 속에서 아이들은 자라고, 큰 인물이 된다. 생각해 보면 잔소리는 부부간, 친구 간, 사제 간 등 허물없는 사이에서 해야지 예의를 지키고 서로 말을 조심해야 할 곳에서는 삼가야 한다.

세월이 많이 흘러 신혼 초의 '남녀 관계'는 이제는 '친구 관계'로 바뀌었고, 서로의 행동이나 표정만 보아도 상대방의 기분이나 마음의 상태를 짐작할 수 있는 경우가 많아졌다. 그동안 아내에게 좀 더 살갑고 다정하게 못 해 주었던 미안한 마음들을 회개(悔改)하고 있다.

왕의 말이 곧 법인 절대 군주 시대에도 대간의 언관들은 왕에게 열심히 잔소리를 해서 나라가 잘 운영되고 백성들이 편히 살도록 하였다. 사도 세자를 뒤주에 가둬 죽인 영조도 임종 때 가까운 신하에게 조용히 말했다고 한다. "이제야 잔소리에서 벗어나나 보오." 조선조 10대 왕 연산군 때 내시 부사 김처선(金處善)은 잘못되어 가는 왕을 바로잡으려고 잔소리를 계속하다가 처참하게 처형당하는 사례도 있었다. 연산군은 처선을 죽이고도 분이 덜 풀려 아예 이름에 처(處) 자 사용을 금하는 바람에 한때 처용(處容)을 풍두(豊頭)로 바꾸는 일까지 있었다.

목숨을 던져 왕에게 옳은 길을 가도록 잔소리를 한 충신이 지금은 아쉬울 뿐이다. '지나침은 미치지 못한 것만 같지 못하다'는 과유불급(過猶不及)의 교훈을 일깨우는 것 같아 흥미롭다.

요즘 내 서재는 늘 잘 정리되어 있고 말끔하다. 아내의 잔소리 덕분인 것 같아 고맙기만 하다.

그의 아들

이정희

요즈음 각 대학의 합격자 발표 소식이 들려온다. 이맘때가 되면 십여 년 전 일이 떠올라 미소가 지어진다.

H는 "형님 덕택으로 낳은 아들이 명문 의대에 합격했어요." 하며 아들과 함께 선물 보따리를 들고 우리 집으로 찾아왔다. 공부 잘한다고 내색도 하지 않았는데 갑자기 찾아와 인사를 하니, 나도 깜짝 놀랐다. 대학에 합격했다는 것만도 대견한데, 명문대 의대에 합격했다니 그 아들이 흐뭇하고, 한편 고맙기도 했다.

그는 40년 전 남편이 군 생활을 할 때 같은 아파트에 살았다. 형님 아우 하면서 서로 왕래하며 음식도 나누고 가까이 지냈다. 알뜰하게 살림을 하고 예의도 바른 아우를 나는 좋아했다. 몇 년 동안 이웃으로 함께 지내다가 우리는 남편이 제대를 하고 서울에 정착을 했다. 그는 다른 지방으로 이사를 했고, 여러 해가 지난 후에는 아이들의 학업 문제로 서울로 와서 안정된 생활을 시작하였다.

아이들을 키우느라 바쁜 중에도 그때 함께 살던 몇 명은 이따금 만나 즐거운 시간을 보냈다. 지난날의 이야기를 나누고, 하기 어려운 얘기도 하며 허물없이 지냈다. 그는 딸 셋을 키우고 있었다. 그런데 남편이 불쑥불쑥 아들이 있으면 좋겠다고 말한다며 아들이 없는 것을 아쉬워한다고 불평했다. 그럴 때면 우리는 딸 셋은 금메달인데 요즘 세상에 무슨 아들 타령을 하느냐고 놀리기도 했다.

셋째 딸이 초등학교에 입학한 뒤 그는 생각지도 않게 늦둥이를 가졌다고 했다. 그렇지만 임신했다는 것이 반갑지 않았고, 그렇다고 쉽게 유산을 할 처지도 아니었다. 그래서 아들을 원하는 남편의 마음을 알기에 태아 성별 검사를 할 것이라고 털어놓았다.

요즈음은 임신 4, 5개월이면 성별을 알려 주지만, 30년 전에는 출산 후에야 아들인지 딸인지 알 수 있었다. 이번에도 딸이라면 딸이 네 명이나 되지 않는가. 그로서는 무척 고민할 수밖에 없는 상황이었을 것이다. 여기저기 얼마나 알아보며 다녔을지 짐작이 되었다. 성별 검사가 위험하다는 얘기를 들은 그는 덤덤하게 말했지만 많이 두려워하는 것 같았다.

언제 그 검사를 받는지 자세히 말하지 않았다. 그러나 그와 대화하는 중에 병원에 가는 날짜와 시간을 알아챌 수 있었다. 나는 아무 말도 하지 않고 가만히 있다가 그날 그가 예약한 시간보다 30분쯤 먼저 병원에 가서 기다렸다. 시간에 맞추어 도착한 그는 나를 보고는 웬일이냐고 화들짝 놀라면서도 한편 다행이라는 듯 안정을 찾는 모습이었다. 나의 느닷없는 출현이 놀라웠겠지만 그에게 힘이 되는 것 같아 내심 기뻤다. 나는 밖에서 기도드리고 있을 테니 염려하지 말고 편안한 마음으로 검사를 받으라고 했다. 그는 작은 미소를 보내며 검사실로 들어갔다. 나는 검사가 무사히 끝나기를 내내 기도하며 기다렸다. 검사를 마치고 나온 그는 안도의 숨을 쉬는 듯했다. 검사를 통해 태아가 아들이라는 것을 알았지만, 행여 태아 건강에 해가 될까 몹시 마음을 졸였다고 했다.

그렇게 해서 그에게 막내로 아들이 태어났다. 그 아들이 열심히 공부하여 명문 의대에 합격해 고맙다며 나를 찾아온 것이었다.

이제 그 아들은 30대 중반으로 의사의 길을 가고 있다. 제 길을 닦고 있는 아들을 보며 그의 남편은 세상을 다 얻은 듯 든든해한다고 한다. 그는 표현은 하지 않지만 얼마나 뿌듯할까. 나도 보기에 흐뭇한데.

나는 그의 사 남매를 좋아한다. 중고등학교 때부터 내가 이따금 그 집으로 전화를 할 때 아이들이 받으면 곧장 엄마를 바꾸어 주는 것이 아니라, 건강은 어떠시냐며 친이모를 대하듯 내 안부를 물어보곤 했다. 그때마다 마음이 따뜻하고 예의도 발라 요즘 아이들이 아니구나 싶게 생각했다.

그가 힘들어해 한때 병원에서 몇 시간 동안 동행해 준 것뿐인데, 지금까지 한결같은 사랑을 베풀고 있다. 연말이 되면 과일 상자를 보내며 나에게 힘을 준다. 아무것도 내세울 것이 없는 내 인생에 따뜻한 햇살처럼 믿고 의지할 수 있는 성실한 아우가 있어 든든하다. 앞으로도 서로 격려해 주고 나도 그에게 조금이나마 위로를 주는 사람이면 좋겠다.

요즘 그는 아들에게 빨리 장가가라고 채근하고 있다. 그의 소원대로 성실하고 긍정적이고 지혜로운 며느리가 들어와서 아들이 행복한 가정을 이루었으면 하는 바람이다.

그 자전거

왕경옥

모두 어디로 가는 걸까. 바람을 가르며 달리는 자전거들을 본다. 산책길에는 흐르는 강물과 푸근한 산이 펼쳐 있지만, 나는 자전거 행렬에 마음을 준다.

자전거를 향한 갈망, 그것은 어린 날 내 안으로 굴러온 자전거에서 시작되었다. 해 질 녘이면 영란이 아버지의 자전거가 동네로 들어섰다. 함께 놀던 영란이는 나를 버려두고 제 아버지의 자전거에 냉큼 올라타고 가 버렸다. 뒷자리에 앙증맞게 앉은 영란이를 태우고, 천천히 굴러가는 자전거를 나는 오래도록 바라보았다.

영란이 아버지의 자전거가 사라지고 골목에 혼자 남으면 아버지 생각이 밀려왔다. 사업 실패 후, 친척과의 갈등으로 집을 떠나 지내야 했던 아버지의 사정을 잘 모를 때였다. 그러나 아버지 없는 집에서 엄마가 감당했던 어려움을 어렴풋이 알았고, 다정했던 아버지가 보이지 않는 것이 혼란스러웠다. 그때 바구니에 가족들을 위한 먹을 것을 싣고 나타나는 영란이 아버지 자전거는, 우리 아버지의 부재를 아프게 확인시켰다.

그래서였을까, 자전거와 아버지라는 소재만으로도 영화 〈자전거 탄 소년〉에 깊게 공감했다. 아버지로부터 버림받고 보육원에서 사는 소년은 자전거만이 유일한 구원처럼 보였다. 아버지는 자전거마저 팔아 버리지만, 소년은 아버지도 자전거도 포기하지 않았다. 위탁모의 도움으로 겨우 자전거를 찾은 소년은 자전거를 타고 맹렬히 달린다. 견딜 수 없는 슬픔에서 벗어나려는 듯 달리고 또 달린다. 소년의 슬픔에 어린 날 나의 아픈 기억이 겹쳐져 한동안 먹먹했다.

자전거를 향한 환상도 있었다. 어느 날 아들이 자전거를 타고 외출하는 것을 지켜보았다. 푸른 셔츠를 바람에 날리며 산뜻하게 나아가는 자전거를 꿈을 꾸듯 바라보았다. 아, 나도 저렇게 자유로워지리라, 바람처럼 가벼워지리라. 그리하여 마침내 "자전거를 타고 저어갈 때 세상의 길들은 몸속으로 흘러들어 온다."라는 김훈의 문장을 실감하리라, 마음먹었다.

자전거를 배우기로 했다. 그때까지 나는 자전거를 탈 줄 몰랐다. 운동 신경이 없는 편은 아니나 어려서 배울 기회를 놓쳤다. 뒤늦게 시작한 자전거 배우기란 쉽지 않았다. 그럭저럭 굴러가기 시작하자 큰 공원으로 나갔다. 가로등이 줄지어 선 곳에서 지그재그로 지나는 연습을 시도했다. 묘기를 부리듯 꼬불꼬불 움직이는데 이상하게도 가로등이 모두 내게로 달려드는 것 같더니 그만, 가로등에 부딪히며 납작하게 넘어졌다. 오십견으로 치료를 받고 있던 어깨가 부러진 것처럼 아파 눈물이 나왔다. 덩달아 오래된 기억이 떠올라 슬픔을 보태어 그저 울어 버렸다.

그렇게 자전거 배우기를 포기했다. 남편은 그런 나를 위해 2인용 자전거를 타자고 한다. 어느 봄날의 멋진 추억 때문이리라. 우리는 자전거 앞뒤로 나란히 앉아 벚꽃 길을 달렸다. 분분히 날리는 꽃잎이 아름다웠다. 기분이 좋아진 나는 인생의 봄날인 양 노래까지 흥얼거렸다.

그러나 역시 잊을 수 없는 것은 아버지의 자전거다. 아버지께서 하시던 일이 어려워지자 우리 집은 서울 변두리로 옮겨 가게 되었다. 이사하던 날, 나는 학교와 아르바이트까지 마치고 어두워진 후 집을 찾아가야 했다. 전철역에 내려 두리번거리는데 아버지께서 나를 부르셨다. 낯선 동네의 밤길을 염려해 마중을 나와 계셨던 것이다. 그것도 자전거와 함께! 이삿짐을 정리하다 창고에서 발견한 자전거였다.

나는 아버지의 자전거에 그 옛날 영란이처럼 가볍게 올라탔다. 그러나 아버지의 등은 예전의 모습이 아니었다. 세월의 고단함에 깎여 앙상해진 뒷모습으로 휘적휘적 자전거를 저으셨다. 내가 결핍의 시간을 건너는 동안 아버지께서는 삶의 무게를 견뎌 내셨으리라. 그 시간은 나를 단단하게 키워 아버지가 진 무게를 조금은 나눠질 수 있을 것 같았다. 나는 아버지의 등을 안아 드리듯 꽉 붙잡았다. 따뜻한 체온이 느껴졌다. 훈훈한 바람이 부는 봄밤, 내 안의 작은 아이는 행복했다.

여전히 자전거에 눈길이 간다. 이제는 갈망도 환상도 아닌 동경

의 눈이다. 살아가는 일에 서툴러 자주 방향을 잃고 주춤거리는 나
는, 목적지를 향해 매끄럽게 나아가는 두 바퀴의 균형과 조화가 마
냥 부럽다.

외국어를 익히며

정화자

연말이면 일본어로 연하장과 편지를 쓰는 일이 신경 쓰인다. 올해도 미적거리고 있는데 동경에 살고 있는 분이 서울에 왔다는 전갈이다.

그는 내가 쓴 수필을 일어로 번역하여 등단 선물이라며 준다. 사실은 자기의 실력으로는 한 문단도 벅차서 유학생에게 부탁을 했고, 천료(薦了) 소감만은 짧으니까 꼭 스스로 해 보고 싶었다면서 몇 대목을 봐 달라고 한다. '무언가' '긁적거리다' 이런 말들의 의미를 잘 몰라 번역을 할 수 없었다며 웃는다.

정작 나는 일어 공부를 한다면서 내 글을 일어로 써 볼 생각조차 하지 못했는데 그분의 친절함에 감사함과 동시에 과분하다는 생각이 든다. 그가 하는 한국어 공부에 도움이 될까 해서 수필 잡지를 보내 드렸더니 이에 대한 답례를 이렇게까지 하다니.

이분과 알게 된 지는 십 년이 넘는다. 박물관에서 자원봉사자와 관람객으로 만난 그 인연이 지금까지 이어져 오고 있다. 그 당시 이분은 일본 방송국에서 하는 한국어 강좌로 우리말 공부를 하고 있다고 했다. 어느 해인가 그가 연하장을 아주 늦게 보냈다. 이유 인즉 한글로 편지 쓰기가 너무 힘들어서 시간만 끌다가 결국은 일어로 써 보낸다는 사연이었다. 그분의 초대를 받아 일본에 갔을 때, 그의 부인이 남편은 눈만 뜨면 한국어 책을 붙들고 살지만 그 노력에 비해 별 진전이 없어 보인다고 우스갯소리를 했다.

나 역시 제자리걸음을 하기는 비슷하다. 나는 일본어를 처음 부임했던 학교에서 연구 수업을 할 때 모두들 일본 서적을 참고로 하는 것을 보고 부러워서 독학으로 시작했다. 그 후 국제결혼을 한 일본 선생님에게 몇 년, 여기저기서 배웠다 쉬었다 하기를 되풀이하면서 붙잡고 있는 세월은 꽤 오래되었다. 그러다 보니 남들은 내가 일어를 썩 잘하는 줄 알지만 아직도 요원한 느낌이다.

외국어는 배우고 익혀서 활용하기까지 여간 어려운 게 아닌 것 같다. 중앙청이 헐리기 전에 그곳을 박물관으로 쓸 때였다. 나는 일어를 배우고 있었으므로 일본 사람에게 말을 걸어 보고 싶었다. 어느 날 용기를 내서 어느 분에게 청자(靑瓷)에 대한 설명을 했더니 그분이 "분록, 게이죠 노 에끼(文禄·慶長의 役)"라고 하며 내 말을 거들었다. 임진왜란과 정유재란을 일본에서 그렇게 부르는 줄 몰랐던 나는 당황하여 말문이 막혀 버렸다. 다시 그가 전쟁이라는 말로 쉽게 풀어 설명해 주었지만 앞이 캄캄해져서 아무 말도 들리지 않았다. 그 일이 있고서 한동안은 일본인 비슷한 사람만 보면 건물 기둥 뒤에 숨곤 했다.

편지 쓰기는 80대 중반의 할아버지와 처음으로 하게 되었는데 더 곤혹스러웠다. 이분은 편지를 극존칭에 한문체로 쓰신다. 우리 글로 하자면 "기체후 일향만강 하오신지 아뢰옵나이다." 이런 투였다. 일본식 편지 쓰기는 길거나 짧거나 일정한 형식이 갖추어 있고, 중요한 용건이 잘 드러나게 쓰여 있었다. 또 구체적으로 편지를 받은 날짜나 선물을 상세하게 하나하나 열거하며 고맙다는 인사를 몇 번이라도 잊지 않고 예의를 차리는 점이 두드러졌다. 게다가 그분의 글씨체는 때로 초서(草書)로 세로쓰기 또는 가로쓰기를 했다가 컴퓨터로 찍어 보냈다가 다양했다.

나는 할아버지 흉내를 내기 위해 처음에는 평서문으로 쓴 후 사전이나 여러 책을 뒤져 꿰맞추듯이 그 격식과 쓰는 형태를 그대로 따라 해 보았다. 글의 품격이야 실제의 할아버지와 손녀의 차이만큼 컸겠지만 십오 년쯤 따라 하다 보니 실력이 좀 나아졌다. 이 덕분에 더 젊은 세대인 다른 분들에게 편지 쓰는 일은 수월한 느낌이 들었다.

일본에 사는 내 친구는 박물관이나 여행지에서 만나 사귄 일본인들이 너희 부부에게 하는 대우는 아주 특별하다고 일러 준다. 일본 사람이 자기 집에 초대하여 손수 음식을 만들어 대접하고, 회사나 어린 시절에 살았던 옛집까지 일일이 보여 주는 일은 흔치 않다고 한다. 우연히 좋은 사람들을 만나기도 했지만, 매년 거르지 않고 썼던 연하장과 편지로 서로를 알게 되고 친해져서 그럴 것이다.

김포 공항을 떠나면서 그 부부는 "정치하는 사람들이야 자기편 이익을 위해 상대국을 이용하는 점이 있다. 그럴지라도 우리들의 우의는 변치 말자."라고 우리말로 작별 인사를 한다. 나 역시 똑같은 마음이라고 일어로 대답하며 배웅한다. 은연중에 상대의 나라를 이해하고 상호 존중하는 마음에까지 이르렀다니 새삼스레 언어야말로 인간이 가진 가장 효율적인 소통 방법이라는 어떤 이의 말이 생각난다.

괴목리 아리랑

장재옥

아버지를 모신 봉안당 유리문에 보라색 꽃을 달았다. 수척해 보이시는 사진을 보니 죄스러워 고개를 들 수가 없다. 생전에 그토록 형제간의 우애를 강조하셨는데, 장녀인 내가 그 소임을 다하지 못하니 아버지께 죄송스러울 뿐이었다.

장자(長子)는 하늘이 낸다는 말이 있는데, 아버지도 장자로서 책임을 다하시느라 얼마나 힘드셨을지 이제야 알 것 같다. 사실 아버지께는 위로 형님이 계셨다. 칠 남매의 장남이었던 큰아버지는 학업을 마치고 친척 집이 있는 함경도 청진으로 취직이 되어 갔다가 한국 전쟁이 일어나면서 고향의 가족과 생이별을 하게 되었다. 그때부터 아버지는 집안의 장남이 될 수밖에 없었다.

대구에서 공군으로 근무하던 아버지는 내가 방학을 맞이하면 시골 할머니 댁에 데려다 주셨다. 방학 기간을 시골에서 보내면서 할머니의 눈물과 할아버지의 공허한 모습을 보았다.

할머니는 이야기를 잘하셨다. 해도 해도 끝이 없었던 이야기보따리는 여름이면 마당 한가운데 평상에 누워서, 겨울이면 호롱불 옆에 누워서 내가 잠들 때까지 이어졌다. 간간이 큰아버지 이야기가 나올 때마다 눈물을 보이셨지만 어린 마음에도 애써 못 본 체했다.

할아버지는 수염을 길게 길러서 헛기침을 하실 때마다 쓰다듬곤 하셨다. 사랑채에서 기다란 장죽에 잎담배를 부셔 넣어 허공으로 연기를 뿜어내실 때면 한숨도 섞여 나오는 것 같았다.

내가 중학생이 되기 전 항공사에 근무하게 된 아버지를 따라서 우리 가족은 서울로 이사를 했다. 아버지는 제일 먼저 할아버지와 할머니를 비행기에 태워 드렸다. 그 여행을 마치고 고향에 내려가신 지 얼마 지나지 않아 할머니는 큰아들을 그리며 돌아가셨다. 그러자 아버지는 할아버지를 서울로 모셔 왔다. 할아버지의 서울살이가 시작된 것이다.

할아버지는 시골에서처럼 한복을 입으셨지만 긴 수염은 없어지고 장죽도 가져오지 않았다. 사랑방 문을 열면 우물이 보이는 마당과 마을을 둘러싼 산도 보이지 않는 서울. 할아버지 방에서는 라디오에서 나오는 소리들이 새소리 물소리를 대신했다. 할아버지가 약주를 드시는 날이면 큰 소리로 나를 부르셨다. 그러고는 시기도 알 수 없고 주인공이 누구인지도 알 수 없는 이야기를 하셨는데 끝낼 때는 꼭 〈아리랑〉을 부르셨다. 가슴속에 품고 계시는 말을 그 애절한 아리랑에 빌어 풀어내시는 것 같았다. 뜻은 모르겠지만 왠지 그 노랫소리가 어린 나에게도 슬프게 들렸다.

형님 대신 장남이 된 아버지는 이산가족이 된 자식과, 형제를 그리워하는 부모와 아우들에게 그 빈자리를 채워 주려 관심과 사랑을 다하셨다. 종가의 장손으로, 회사에서는 관리자로 늘 바쁘셨던 아버지는 우리 다섯 남매에게도 사랑과 정성을 골고루 나누어 주셨다. 때로는 엄하고 무서웠지만 가족 나들이나 자식들의 학교 행사에는 빠짐없이 참석하는 다정한 아버지셨다. 에너지 넘치는 아버지가 계신 자리는 늘 사람이 많이 모였으며 웃음꽃이 피었다. 형님의 소식을 알기 위해 적십자를 통해 많은 노력을 기울였지만 끝내 사망하셨다는 소식을 들어야 했다.

아버지는 평소 건강을 자신하셨다. 그러나 팔순을 넘기고 삼 년이 지난 설날에 찾아온 감기를 이기지 못하셨다. 아버지의 갑작스런 부재로 충격에서 벗어나지 못한 우리 형제들은 저마다의 주장을 내세우며 마음의 문을 닫고 말았다.

아버지와 마주하니 모든 것을 알고 계신 듯한 표정이다. 화목하고 단란한 가정을 이끌어 주신 아버지께 용서를 빌었다. 평생을 애쓰고 고단하셨는데 긴 소풍마저도 온전히 끝내지 못하고 계신 것 같아 죄스러웠다. 사진으로 느껴지는 아버지의 모습을 보면서 장녀로서 자식들의 걱정을 내려놓게 해 드리지 못하는 죄스러움에 고개를 들 수가 없었다.

아버지는 감기가 깊어지기 전, 앨범에서 흑백 사진 한 장을 꺼내셨다. 귀퉁이가 해지고 빛바랜 사진에는 막냇동생을 안고 있는 어머니 앞에서 사 남매가 활짝 웃고 있는 사진이었다. 수많은 사진 중에서 가장 좋아하는 사진이라며 액자에 넣고 싶다고 하셔서 복원해 동생들에게도 나누어주었다. 그 사진을 받으신 날 행복해하시던 모습이 떠오른다.

아버지를 이곳에 모신 날 이후로 우리 다섯 남매는 한자리에 함께하지 못하였다. 고향을 떠나 살면서도 괴목리에 살던 가족들을 살피며 장자로서 최선을 다하신 아버지를 생각하며 마음의 문들이 열리기를 바라본다. 아버지 곁에 우리 남매들이 활짝 웃고 있는 그 흑백 사진을 놓아 드리면 안심을 하실까.

돌아오는 길에 비가 추적추적 내린다. 와이퍼를 켰는데도 차창이 흐리다. 할아버지의 한이 서린 아리랑이 비에 젖어 따라오는 것 같다.

산영수필문학회

6